बुंदो की छुअन...

धड़क

Copyright © Dhadak

All Rights Reserved.

मैं उन सभी लोगों को तहे दिल से धन्यवाद करती हूं , जिन्होंने मेरी मदद की और मुझे इस पुस्तक को पूरा करने के लिए प्रेरित किया।

क्रम-सूची

भूमिका

खुशी , दिखने मे साधारण सी लड़की है , पर असाधारण है , कुछ तो अजीब था उसके साथ , की जब भी वो बारीश की बूंदो को छुने की कोशिश करती बारीश ही थम जाया करती , बरखा से इश्क करने वाली खुशी को कभी उसमे भीगने का ही मौका नही मिला और इसी के चलते कई बार लोग उसे बदनसीब कहा देते , और जो पढ़े लिखे समझदार है वो बारीश को ना छु पाने का कारण बस एक संयोग बताते , अब क्या सच था कोई नहीं जानता था , और ना ही खुद शी कुछ जानना चाहती थी बस आपनी किस्मत से हर बार यही सवाल करती "आखिर क्यों हुं मै ऐसी , और कोने है वो जो अक्सर मेरे सपने मे आकर मुझे इतनी खुशिया दे जाता है..? "

आमुख

बदनसीबी के दाग से कैसे बचे ये राही , खुद भी कुड़ कुड़ जी रहा...खुद की
ही अहमियत नाहि,
सफर है ये जिंदगी का जरा हंस कर गुजार ले , कारण तु नही सबके दुख
का बात ये गांठ बांध ले,
लोग कहेंगे कहते रहेंगे बदनसीब बेलकिर हैं तु कहकर ताने कसेंगे
डुब जाएगा तु भी एक दिन अपने ही आसुओ के दरिया मे,
आएगा तब तुझे बचाने फरिश्ता किसी नगरिया से....

और वो फरिश्ता कोई भी हो सकता है , कोई इंसान, कोई पैट ,
आपकी किसी कला मे रूची , किस्मत या आप खुद !

अब देखते है खुशी की जिंदगी मे कौन आता है ? उस दरिया मे डूबने
से बचाने के लिए ।

1

बाहर बारिश हो रही थी , सभी बहुत खुश थे...... सावन का महीना जो आ गया था ।

आसमान से गिरती बारिश की बूंदे घुंघरू सी छम छम कर रही थी।

तभी सफेद सूट पहने खुशी चहकती हुई अपने घर के आंगन में आई , घर के कबिलों से टपकते पानी को देखकर उसकी आंखें खुशी से चमक गई , मुस्कुराते हुए उसने अपना गोरा हाथ उठाया और बारिश की उन बूंदों को छूने के लिए , उसे कबीले की छत से बाहर कर दिया ।इससे पहले कोई बूंद उसे छु पाती , सभी बूंदे हवा में ही रुक गई ।

ये देख खुशी का दिल बैठ गया , आंखों से आंसू बहने लगे ।

तभी पीछे से एक अधेड़ उम्र की औरत आई और उसे पीछे खींच कर उस पर चिल्लाने लगी , " क्यों रे बदनसीब..... पहले ही घर की सारी खुशियां तो छीन चुकी है , और अब क्या प्यासा मारेगी हमें.... देख बाहर पानी रुक गया..... सावन का पहला पानी था ये , जब पता है तुझे कि तू लायक नहीं है इन बूंदों को छूने के , तो क्यों हर बार उन्हें छूने की कोशिश करती है...... अब सारा गांव पानी के लिए तरसेगा...."

वो औरत उसे सुनाए जा थी और वो बिना कुछ कहे , सर नीचे किए , बस वहां जमा हुए बरसात के पानी को देखे जा रही थी.....

अब आस-पड़ोस के भी लोग उसके घर के सामने खड़े हो गए और उसे कोसने लगे.....

कुछ मिनटों पहले यहां कानों को सुकून देने वाली बारिश की छम छम

सुनाई दे रही थी , और अब लोगों के ताने , उनकी कड़वी बातें......
खुशी से अब ये बातें सहन सीमा से बाहर हो गई , उसने अपने कानों पर हाथ रखा और आंखें बंद कर जोर से चिल्लाई , " बस कीजिए आप लोग..... प्लीज...."
कहते हुए उसने अपने हाथ जोड़ लिए और भीगी पलकों से सभी को देखने लगी ..... पर अभी भी लोगों की वो धुत्कारती नजरे बर्दाश्त करने के लायक नहीं थी ।

खुशी उस भीड़ में से अपने लिए जगह बनाती हुई , वहां से भाग गई , भागती हुई वो एक जंगल में पहुंची , उसकी आंखों से मोती जैसे कीमती आंसू टपक रहे थे , पर उन्हें पूछने वाला कोई नहीं था , उसके सुराही जैसे गले से निकलती सिसकियां उस पूरे सुनसान जंगल में गूंज रही थी , पर उसे शांत कराने वाला कोई नहीं था .....

तभी वो अपनी सागर जैसी आंखों से ऊपर आसमान में देखते हुए बोली , " क्यों.... आखिर क्यों..... क्यों मैं आपके गोद से गिरी एक भी बूंद छू नहीं सकती...? क्यों मैं उन बूंदों को अपनी उंगलियों पर घुलता हुआ नहीं देख सकती..... क्यों मैं उस एहसास को अपने अंदर समा नहीं सकती..? क्यों...??"
कहते हुए वो बिलख कर रो पड़ी और वहीं घुटनों के बल बैठ अपना चेहरा हाथों से छुपा लिया....
तभी एक पीला फूल उसके सिर पर गिरा और लुढ़क कर वहीं पास में जमा हुए बरसात के पानी में हल्का सा डूब गया.... अपने सर पर कुछ गिरने के अभास से खुशी ने अपने हाथों को चेहरे पर से हटाया और उसकी नजर उस फूल पर चली गई , उसने उसे उठा कर देखा, वो फूल बहुत ही अलग था , उसमें से ना ही किसी तरह की सुगंध आ रही थी , और ना ही गंद , उसमें कुल 3 पंखुड़ी थी जो साथ में मिलकर एक कप का आकार बना रही थी , उस फूल के बीच में एक दम सुर्ख लाल रंग था , एकदम खून जैसा , कुछ खास था उस फूल में...!

तभी बादल के गरजने की आवाज आई .... उसने घबराकर ऊपर आसमान में देखा....... एक बार फिर काले बादल घिर आए थे....... वो झट से खड़ी हो गई और अपने घर की तरफ जितना हो सके उतनी तेजी से भागती चली गई...... वो बिल्कुल नहीं चाहती थी कि एक बार फिर बारिश उसे देखकर आसमान में ही थम जाए. ...... वो अपने घर पहुंच गई , बारिश आने से पहले..... और एक बार फिर बाहर बूंदों की छम छम सुनाई देने लगी......

खुशी वैसे ही खड़ी पलके नीची किए आसमान से गिरती उन बूंदों को देख रही थी , छूना चाहती थी उन्हें पर छू नहीं सकती थी , तभी उसके सामने एक परछाई आकर खड़ी हो गई , खुशी ने सर उठा कर देखा तो एक बहुत ही सुंदर नैन नक्श वाला लड़का , उसके सामने खड़ा था , उसकी गहरी काली आंखें मोतियों सी चमक रही थी , वो बारिश में पूरी तरह से भीगा हुआ था ।
वो खुशी से बोला , " चलो....."
खुशी हैरान होकर , " कहां...?? "
" बारिश में....! " लड़के ने मुस्कुरा कर कहा ।
उस लड़के की बात सुनते ही खुशी अपने कदम पीछे लेने लगी , ये देख लड़का बोला , " मुझ पर भरोसा करो , निराश नहीं करूंगा तुम्हें....."
कहते हुए उसने वहीं पास में रखा एक छाता उठाया और उसे खोल दिया..... खुशी उस पर विश्वास करना तो नहीं चाहती थी , पर उसके कदम खुद ही आगे बढ़ गए , अब वो दोनों एक ही छाते के नीचे थे , दोनों सड़क के बीच में आकर रुक गए , वहां अब ऊपर सिर्फ आसमान था , ना कबीले से बनी कोई छत और ना ही किसी पेड़ की छांव ।

खुशी अभी भी घबराई हुई थी , उसके मन में बस यही चल रहा था कि अगर उससे गलती से एक भी बूंद छू गई तो बरसात रुक जाएगी , तभी उस लड़के ने अपना बारिश में भीगा सख्त हाथ उसकी तरफ बढ़ा दिया ।
खुशी ने भीगी आंखों से उसे हैरान होकर देखा ।
" एक बार फिर..... तुम मुझ पर विश्वास कर सकती हो...... " उस लड़के

ने मुस्कुराते हुए कहा ।

ये सुन खुशी ने हिचकीचाते हुए अपना हाथ के हाथ में दे दिया ।

ऐसा करते ही वो लड़का खुशी के हाथ को थामे , उस छाते से बाहर खुले आसमान में ले जाने लगा , ये देख खुशी ने डर से अपनी आंखें बंद कर ली , लेकिन जैसी उसे अपने हाथ पर बारिश की बूंदे महसूस हुई , तो उसने अपनी आंखें खोल पहले अपने हाथ को देखा , फिर उस लड़के को जो उसे देख कर अभी भी मुस्कुरा रहा था ।

खुशी की आंखों में आंसू थे पर इस बार दुख के नहीं , बल्कि बरसात की बूंदों को छु पाने की खुशी के.......

तभी उस लड़के ने खुशी की आंखों में देखते हुए अपने हाथ में पकड़ा छाता दूर फेंक दिया , अब खुशी अपने पूरे शरीर पर बूंदों को महसूस कर पा रही थी , इतनी खुश थी वो कि उसके पैर जमीन पर नहीं पड़ रहे थे.......

उसने नाचते हुए गाना शुरू कर दिया.......

छम छम छम छम छम छम

जुल्फों से बाँध लिया दिल,

सीने पे से उड़ने लगा आँचल

मुझसे नैना मिला के मौसम होने लगे पागल

सबसे होके बेफिकर नाचू मैं आज

छम छम छम हे, छम छम छम हे, छम छम छम

मैं नाचू आज

छम छम छम हे, छम छम छम हे, छम छम छम

अब वह लड़का खुशी के करीब आकर गाने लगा........

रेन ड्रॉप बौंसिंग, माय हार्ट इज़ अन्नाउन्सिंग

यू गोट टू टेक मी अवे

लेट्स स्टार्ट जम्पिंग, माय हार्ट गोज पम्पिंग

आय लव यू इन एवरी वे

धड़कनों पे बूँदे जो गिरी.......

इतना गाते ही अलार्म बज गया और खुशी की नींद खुल गई , आंखें खोलते ही उसे अपने सामने एक लड़की का घूरता हुआ चेहरा दिखा और वो घबरा कर उठ गई ।

फिर उस पर चिल्लाते हुए बोली , " श्वेता क्या है ये. ..? "

श्वेता मुस्कुराते हुए शरारत से उसे उंगली दिखाते हुए बोली , " तुझे फिर से वही सपना आया ना...?!"

" कौन सा सपना...... " कहकर खुशी उससे नजरें चुराती हुई अपने ओढ़े हुए कंबल को फोल्ड करने लगी.....

" अरे वही...... जिसमें तू बारिश की बूंदों को नहीं छु पाती.... बहुत रोती है... और फिर आता है तेरे सपनों का राजकुमार.....! "

कहते हुए उसने अपने कंधे से खुशी का कंधा टकरा दिया ।

ये सुन खुशी के चेहरे पर स्माइल आ गई , पर वो उसे छुपाते हुए बोली ," श्वेता..... कुछ भी बोलती है तू..... ऐसा कोई सपना नहीं आया मुझे...... "

कहते हुए वो किचन में गई और चाय बनाने के लिए बर्तन गैस पर रख दिया , खुशी को फिर झूठ बोलता देख श्वेता वही गैस स्टैंड पर बैठकर बोली , " ओह ! हेलो मैडम आप ना ही अपनी ये वाली स्माइल मुझसे छुपा सकती है .... और ना ही वो वाली......"

" क्या बोल रही है , कौन सी स्माइल ? " खुशी ने बर्तन में पानी और फिर चाय पत्ती डालते हुए कहा ।

" वही वाली..... जो सपने में अपने राजकुमार को देखकर तेरे होंठो पर आती है , नींद में भी मुस्कुराते हुए कितना शर्माती है तू , मुझे तो बड़ा मजा आता है देखने में , अगली बार ना मैं पक्का वीडियो बनाऊंगी और दिखाऊंगी तुझे तेरा शर्माता चेहरा...... "

कहकर श्वेता ने खुशी की थोड़ी पकड़ उसका चेहरा अपनी तरफ कर लिया ।

" छोड़ मुझे....! " खुशी उसके बात टालते हुए बोली और कप लेने चली गई ।

श्वेता परेशान होकर नीचे उतरी और उसके पीछे आते हुए बोली , "

मतलब तू नहीं बताएगी....? "

ये सुन खुशी ने पलट कर उसे देखा , फिर अपनी पलकें नीची कर ली उसके गाल लाल हो चुके थे , वो धीरे से बोली , " आया था फिर वही सपना......"

ये सुन श्वेता अपना एक पैर पटक कर बोली , " अरे यार मतलब फिर से सावन आ गया..... फिर से चारों तरफ कीचड़ होगा...... कपड़े गंदे होंगे और फिर उन्हें घिस घिस का धोना पड़ेगा..... "

इस पर खुशी अपनी बौंहै सिकुड़ कर बोली , " मेरे सपने और सावन के आने का क्या कनेक्शन है....? "

" है ना.... तेरा ये सपना कौन सा साल भर आता है. ..! और जब आना शुरू होता है तो साथ में सावन लेकर आता है...! " श्वेता अपना मुंह बिगड़ कर बोली ।

खुशी चाय कप में छानते हुए , " तुझे बारिश से इतनी चिढ़ क्यों है...? कितनी खूबसूरत होती है बारिश , पेड़ , पौधे और फूलों के रूप में कितने सारे रंग लेकर आती है बारिश ..... कभी छु पाई नहीं हूं उन बूंदों को , पर जरूर छुने पर दिल को ठंडक देने वाली होती होगी बारिश......"

कहते हुए वो कहीं खो गई तभी श्वेता ने उसकी आंखों के सामने चुटकी बजाई , ऐसा करते ही खुशी अपने ख्यालों से बाहर आ गई ।

फिर श्वेता अपने हाथ से इशारा करके बोली , " कहां गुम हो गई......"

फिर मुस्कुराते हुए , " अपने राजकुमार के ख्यालों में... हां ना...."

" चुप कर तू कुछ भी बोलती है , ऐसा कुछ नहीं है....." कहते हुए खुशी ने चाय का कप श्वेता के हाथ में थमा दिया ।

श्वेता चाए की चुसकी लेकर , " अच्छा खुशी... तूने उसका चेहरा तो देखा ही होगा ना सपने में.....?" उसके पूछने पर भी खुशी ने कोई जवाब नहीं दिया , तो श्वेता उसका कंधा पकड़ हिलाते हुए बोली , " बता ना खुशी......
"

खुशी झुंझला कर , " हां देखा है...! " कहते हुए वो डाइनिंग टेबल पर बैठकर चाय पीने लगी. .... श्वेता भी उसके पीछे पीछे चलती हुई आई और उसकी साइड वाली चेयर पर बैठ , अपने दांत दिखाते हुए बोली , "

आई एम श्योर , तेरा वो सपनों का राजकुमार , बहुत हैंडसम होगा...! "
कहकर उसने खुशी को देखा , खुशी मुस्कुरा रही थी , उसे मुस्कुराता देख
, श्वेता चहककर बोली , " मतलब सच में हैंडसम हैं....? "
फिर कुछ सोच कर , " तो तू .... उसका स्केच क्यो नहीं बनाती , मुझे भी
देखना है कि वो कैसा दिखता है.... "

" पागल है क्या....? मतलब.... कुछ भी सोचती है..... " खुशी वहां से उठते
हुए बोली ।
" अरे ! क्या ? कुछ भी सोचती हूं...,., यार प्लीज...! एक बार बना कर
दिखा दे , और तू टेंशन मत ले , मैं बस देखूंगी उसे , अपना नहीं बनाऊंगी
, वो तेरा ही है , और तेरा ही रहेगा..." श्वेता उसे मनाते हुए बोली ।
" क्या श्वेता कुछ भी , मैं नहीं कर रही है ऐसा कुछ....." खुशी ने कहा ।
फिर खिड़की से बाहर देखते हुए , " देख शाम हो गई और हमने दिन भर
सोने के अलावा कुछ नहीं किया है , और कल हमारा इंटरव्यू भी है , तुझे
याद भी है...... "
" अच्छे से याद है , पर प्लीज ना , बना दे ना ....! " श्वेता ने एक बार फिर
ट्राई किया , पर सामने से फिर वही सुनने को मिला , " नहीं , मतलब
नहीं... मैं बस अपनी जॉब पर ध्यान देना चाहती हूं , प्यार व्यार की लिए
मेरी लाइफ में कोई जगह नहीं है , तू तो जानती है ना सब कुछ , तो मैं
क्यों ऐसे इंसान के बारे में सोच कर अपने मेन गोल से फोकस हटाना लु
, जो इस दुनिया में एग्जिस्ट ही नहीं करता ... "

" कैसे नहीं...." श्वेता बोल ही रही थी , जोर से बादल के गरजने की
आवाज आई ।
बाहर का मौसम देख कर खुशी उसे छत की सीढ़ियों की तरफ धकेलती
हुई बोली , " श्वेता जा जल्दी कपड़े उठाकर ला , बारिश होने वाली है..."
" मैं नहीं जा रही , तू जा , मुझे नहीं पसंद बारिश में गीला होना...." ये
कहते हुए श्वेता सोफे पर जाकर बैठ गई ।
खुशी उसके पास गई और उसका हाथ पकड़ उसे उठाते हुए बोली , " उठ
ना , मैं जा सकती तो चली जाती , देख तो सही बाहर मौसम बहुत गड़बड़

है , एकदम से बारिश आ जाएगी और हमारे सारे कपड़े गीले हो जाएंगे , जा ना प्लीज.... "

" ये अच्छा है तेरा , बहुत ही मस्त बहाना है काम ना करने का..... " कहते हुए श्वेता छत की सीढ़ियों की और बढ़ गई ।

खुशी उसे देखते हुए एक लंबी सांस लेकर बोली " हह.... कौन कहता है कि मुझे बारिश में भीगना पसंद नहीं...... पर ये कमबख्त किस्मत , उसी का तो मुझे बारिश मे भीगने देने का मन नहीं....." तभी खुशी की नजर खिड़की पर गई बारिश की मोटी मोटी बूंदें आने लगी थी , फिर उसने मुड़कर श्वेता को देखा , उसने अभी मुश्किल से 5 ही सीढ़ियां चढ़ी थी , और अभी अलसाई हुई सी , सीढ़ियों की रेलिंग पकड़े , अपने आप को जबरदस्ती आगे धकेल रही थी ।
उसे ऐसे नौटंकी करता देख खुशी खिस्याकर बोली , " श्वेता.....! "
श्वेता का अलसाया जवाब आया , " हम्म...! बोल... "
" अरे कछुए के जैसे क्या चल रही है ! जल्दी जा ना.... देख बाहर बारिश आने लगी.... जल्दी जा..! " खुशी ने कहा ।

" बारिश आ गई ?? मैं नहीं जा रही अब.... तू ही चली जा , वैसे भी मेरे कपड़े नही है ऊपर , तेरे ही है , तू लेकर आ... " कहते हुए वो नीचे आ गई ।
उसके नीचे आते ही खुशी उसे वापस भेजते हुए बोली , " जा ना यार प्लीज ! मेरे कपड़े गीले हो जाएंगे , जाना.. प्लीज..... ! "
" मुझे नहीं होना बारिश में गिला...." श्वेता ने कहा और सोफे पर जाकर लेट गई ।
खुशी परेशान होकर , " मैं जाऊंगी तो बारिश बंद हो जाएगी.... "
ये सुन श्वेता ने अपनी कोहनी सोफे पर टिकाई और हाथ की हथेली पर अपना सिर रख कर बोली , " ये सब ना तेरे वहम है , वो सपना देख देख कर , तुझे सच में लगने लगा है , कि तु बारिश को छु नहीं सकती.... "
" वहम नहीं है ! सच में बारिश बंद हो जाएगी मेरे जाने से..! " खुशी बोली ।

अब श्वेता उठ गई और उससे बोली , " तू ना ! फालतू परेशान हो रही है...! " कहते हुए उसने खुशी का हाथ पकड़कर खिड़की के बाहर कर दिया , इससे पहले की खुशी अपना हाथ वापस खींचती , बारिश बंद हो चुकी थी ।

श्वेता अभी भी खुशी को देखें , बोले जा रही थी , " देखा नहीं हुई ना बारिश ब...." पर वो बोलते बोलते रुक गई , क्योंकि उसे एहसास हो गया था कि खुशी का कहा सच हो गया है, बारिश बंद हो गई है ।

खुशी रुआसि हो कर उस पर चिल्लाई , " ये क्या किया तूने. ... देख बारिश बंद हो गई ना .... "

पर श्वेता अभी भी इस बात को मानने के लिए तैयार नहीं थी ....

वो खुशी का हाथ छोड़ते हुए बोली , " पर ये कोइंसिडेंस भी तो हो सकता है ना खुशी...... "

ये कह कर श्वेता फिर सोफे पर लेट गई , उसकी बात सुन खुशी उससे बोली , " कोइंसिडेंस बार-बार नहीं होते हैं श्वेता.."

उसके बाद उस दिन बारिश नही आई । उन दोनों ने कल के इंटरव्यू के लिए पेपर इकट्ठे किए , फिर खाना खाकर सोने के लिए अपने कमरे में चले गए । खुशी और श्वेता दोनों एक साथ ही सोते थे , स्वेता बेड पर पहले ही जाकर लेट गई ।

खुशी अभी भी स्टडी टेबल के सामने बैठे कुछ कर रही थी ।

" खुशी चल सो जा ना देख 10:00 बज गए हैं.... " श्वेता बोली ।

खुशी कुछ लिखते हुए , " हां बस हो गया... " कह कर उसने कॉपी बंद की और बिस्तर पर आ कर बैठ गई , फिर उसने बेड की साइड में रखी टेबल लैंप की बटन ऑफ की और लेट कर अपनी आंखें बंद कर ली ।

थोड़ी देर बाद उसे ऐसा लगा कि उसके कान में कोई कुछ फुसफुसा रहा है , उसने ध्यान से सुना ,

" खुशी प्लीज ना...."

उसे लगभग नींद लगी चुकी थी और ऐसे एकदम से अपने कान में किसी

की आवाज सुनकर वो डर गई , " कौन है....? " कहते हुए उसने मुड़कर देखा तो पीछे से श्वेता अधलेटी उसे ही देख रही थी ।

" मैं हूं..! " श्वेता बोली ।

खुशी अपने आप को शांत करते हुए , " श्वेता क्या है ये, दिन में दो बार डरा दिया तूने मुझे......"

इस पर श्वेता बड़ी मासूमियत से बोली , " अरे यार मैं तो ये कह रही थी कि...."

कहते हुए वो रुक गई और फिर स्माइल करते हुए बोली , " प्लीज़ बना ना अपने राजकुमार का स्केच , मुझे देखना है , प्लीज ना... प्लीज.... प्लीज.... प्लीज...."

कहते हुए वो खुशी को पकड़ कर हिलाने लगी , ये सुन खुशी थोड़ी सख्त आवाज में बोली , " चुप करके सो जा...."

कहते हुए उसने श्वेता को जबरदस्ती लेट आया और उसे कंबल ओढाने लगी , श्वेता फिर बोली , " बना दे ना...! "

" चुप , एकदम चुप , आंखें बंद कर और सो जा.... " कहकर खुशी ने उसे ओढा दिया और श्वेता की तरफ पीठ करके सो गई ।

श्वेता की दोनों आंखें बंद थी , तभी उसने एक आंख खोल कर खुशी को देखा , फिर उसके कंधे पर अपनी थोड़ी रख कर बोली , " प्लीज ना खुशी....! "

खुशी गुस्से में , " श्वेता....! "

" अच्छा बाबा सो रही हूं तेरी , तेरे जैसी फ्रेंड ना भगवान किसी को भी ना दे...." कहते हुए अब वो खुशी की तरफ पीठ करके लेट गई , पर अभी भी उसका बोलना बंद नहीं हुआ था , वो बोले जा रही थी , " फ्रेंड नहीं..... बहन माना था मैंने तुझे..... तुझे अपने साथ इस घर में रहने देने के लिए अपने मम्मी पापा की कितनी शर्ते मानी मैंने...... तेरे लिए कितने सैक्रिफाइस किए , और तू मेरे लिए एक स्केच नहीं बना सकती...? "

" श्वेता प्लीज... सो जाना... सुबह उठकर इंटरव्यू देने भी जाना है...! " खुशी ने कहा ।

" गुड नाइट ! " श्वेता ने गुस्से में कहा और सो गई ।

पर अब खुशी की आंखों से नींद भाग चुकी थी , उसे श्वेता की कही बातें सता रही थी , कि वो उस लड़के का स्केच बनाए जो उसके सपने में आता है , खुशी आंखें बंद करती तो उसी का मुस्कुराता चेहरा उसकी बंद पलकों में ना जाने कहां से आ जाता ।

अब रात की 1:00 बज चुके थे पर खुशी को नींद नहीं आई , वो परेशान होकर उठ गई ।

उसने एक बार श्वेता को देखा वो सो रही थी , एकदम गहरी नींद में......

खुशी बेड से उतरी और स्टडी टेबल पर जाकर टेबल लैंप चालू कर दिया और बैठ गई ।

फिर एक वाइट पेपर निकाला , जो पूरी तरह से ब्लैंक था , फिर उसको कोरे , सफेद कागज पर उसने पेंसिल की मदद से कुछ आड़ी-तेड़ी लकीरें उकेरी , और कुछ समय बाद और लकीरों ने एक खूबसूरत लड़के का रूप ले लिया , मतलब उसी लड़के का..... श्वेता की भाषा में कहें तो खुशी के सपनों के राजकुमार का.......

खुशी भले ही श्वेता के सामने ये जताने की कोशिश करती थी कि उसे उस लड़के से कोई मतलब नहीं है , पर मन ही मन वो उसे बहुत चाहती थी ।

वो उस स्केच पर प्यार से अपनी उंगलियां फिराते हुए धीरे से बोली , " प्यार तो बहुत करती हूं आपसे , पर इतनी अच्छी किस्मत नहीं है कि कभी आपसे इस बात का इजहार कर पाऊं , चलो मान लिया अगर दे दिया किस्मत ने साथ कभी , आ गए सामने आप मेरे कभी , पर फिर हिम्मत है मुझ में इतनी नहीं कि बथला पाऊं मैं आपसे अपने दिल की लगी .... मैं कैसी कैसी बातें कर रही हूं , आप सच में हो भी या नहीं , किसे पता , पर अगर सच में हो तो , मुझे नहीं लगता कि आपका साथ मेरी तकदीर में होगा..... आपको यूं ही सपने में देख देख कर खुश हूं मैं ..... पर प्लीज सामने कभी मत आना......! "

कहते हुए उसने अपना सर वही टेबल पर रख लिया और उसे कब नींद

आ गई पता ही नहीं चला ।

****

सुबह जब श्वेता उठी तो खुशी को अपने बगल में ना पाकर वो चौक गई ।

उसने बिस्तर पर बैठ कर कमरे में नजर दौड़ाई , तो खुशी उसे स्टडी टेबल पर सर रखे सोती दिख गई ।

वो बेड से उतरी और खड़ी होकर अपनी कमर पर हाथ रखे बोलने लगी , " मुझे बोलती है जल्दी सो जाया कर नहीं तो सुबह लेट उठती है , और अब खुद अपने आप को देखें वो जरा , पता नहीं रात को कितने बजे सोई है ये लड़की.... "

कहते हुए श्वेता उसके पास गई , वो उसे उठाने वाली थी की खुशी के पास रखे स्केच को देखकर उसकी आंखें चमक गई..... उसने खुशी को नींद से जगाना छोड़ा और पहले उस पेपर को झटके से उठा लिया और खुश होकर उसे निहारने लगी.....

वो पेपर थोड़ा सा खुशी के हाथ के नीचे दबा हुआ था और जब श्वेता ने उस पेपर को झटके से उठाया तो खुशी की नींद खुल गई , फिर उसने जब श्वेता क्या हाथ में वो स्केच देखा तो श्वेता की तरफ उस पेपर को लेने के लिए झपटी , पर श्वेता ने ऐन मौके पर उसे दूर कर लिया ।

" श्वेता ला.... इधर दे उसे.... " खुशी ने कहा ।

श्वेता शरारत से अपनी आंखें बड़ी करके , " अरे ऐसे कैसे दे दूं..... कितनी मेहनत की है मैंने इसे बनवाने के लिए...... ये वही है ना तेरे सपनों का राजकुमार. ..?? "

फिर आहें भरते हुए , " हाय कितना हैंडसम है...."

इस टाइम उसका ध्यान पूरा उसे निहारने में था , मौका देख कर खुशी ने वो स्केच उसके हाथों से छीन लिया ।

पर उस चक्कर में वही रखी खुशी की इंटरव्यू फाइल गिर गई और साथ ही वो स्केच भी , फाइल के सारे पन्ने वही बिखर गए , खुशी जल्दी से जमीन पर घुटनों के बल बैठी और उन्हें समेटने लगी ।

पर श्वेता कहां मानने वाली थी वो भी झुकी और उस स्केच को उठाने के लिए खुशी से लड़ने लगी । खुशी ने जल्दी-जल्दी सारे पेपर फाइल में डालें , पर साथ ही उस स्केच को भी उसने उसी में डाल दिया और एक दूसरे पेपर को स्केच समझ उसे मरोड़ कर खिड़की के बाहर फेंक दिया ।

ये देखकर श्वेता उदास होकर बोली , " ये क्या किया तूने देखने तो देती जीजू को...."

" श्वेता अब बहुत ज्यादा हो रहा है , चुप करके तैयार हो , इंटरव्यू के लिए जाना है , और मैं तेरी वजह से लेट नहीं होना चाहती......"

कहते हुए वो बाथरूम में चली गई और इधर श्वेता बोलती रह गई , " मेरी वजह से....! तू लेट उठी है आज , मैं नहीं...! "

थोड़ी देर बाद दोनों नहा कर फ्रेश हो गई । खुशी आईने के सामने बैठी तैयार हो रही थी , उसने पिंक कलर का चूड़ीदार सूट पहना था , जिसमें बहुत ही प्यारी लग रही थी , पर साथ ही अपने इंडियन ड्रेस में कॉन्फिडेंट भी ।

श्वेता भी तैयार हो चुकी थी , वो अपनी फाइल में सभी चीजें फिर से एक बार चेक कर रही थी ।

तभी उसके दिमाग में ना जाने कहां से एक ख्याल आया और उसने खुशी से पूछा , " अच्छा खुशी एक बात बता..."

" बोल..." खुशी ने कहा ।

तो श्वेता एक्साइटेड होकर बोली , " अगर वो लड़का कभी तेरे सामने आ गया तो. ..."

" ऐसा कभी हो ही नहीं सकता...." खुशी ने सीधा कहा ।

" क्यों नहीं हो सकता...? "

" क्योंकि वो रियल में है ही नहीं...! " खुशी ने कहा , और आईने के सामने से उठ गई ।

" अच्छा मान ले अगर वो रियल में हुआ , और तेरे सामने कभी आ गया , तो.... क्या तू उसे अपने दिल की बात कह देगी ? " श्वेता बोली ।

" क्या कुछ भी बोल रही है.... " खुशी बोली फिर घड़ी की तरफ देख कर , " देख 9:00 बज गए 10:00 बजे तक हमें वहां पहुंचना है , जल्दी कर.... "

कहते हुए खुशी ने अपनी फाइल और पर्स उठाया और कमरे से बाहर निकल आई ।

श्वेता उसके पीछे आते हुए , " नहीं पहले मेरी कसम खा कि अगर वो तुझे दिखा तो तू उससे अपने प्यार का इजहार कर देगी .... "

" श्वेता प्लीज..! चल.... " खुशी ने कहा ।

" नहीं तु पहले मेरी कसम खा , कि तू कहेगी उससे.. " श्वेता जिद करते हुए बोली ।

वो दोनों लेट हो चुके थे , उनके घर से ऑफिस का रास्ता बहुत दूर था , जाने में 40 मिनट तो लगते ही , और फिर ऊपर से रिक्शा ढूंढना , वहां जाने के लिए , तो कुल मिलाकर 1 घंटा तो लग ही जाना था , देर हो रही है इसकी टेंशन में खुशी ने जल्दी-जल्दी में कह दिया , " ठीक है ! कसम खाती हूं तेरी अगर वो दिखे तो उन्हें अपने दिल की बात बता दूंगी. ... अब खुश ना चल अब...... " कह कर वो जाने लगी , पर श्वेता उसे फिर रोकते हुए बोली , " और अगर तूने नहीं कहा तो...? "

" तो फिर तू जो कहे वो हो जाएगा... चल ना अब प्लीज..... लेट हो रहा है.... " खुशी बोली ।

वो दोनों वहां से चले गए , ऑटो भी उन्हें जल्दी ही मिल गया ।

पर फिर भी वो दोनों लेट हो चुके थे , उस ऑफिस तक पहुंचते-पहुंचते उन्हें 10:15 बज गए , दोनों जल्दी-जल्दी अंदर गए तो पता चला कि इंटरव्यू थोड़े टाइम के लिए postpone हो गया है , मतलब जो इंटरव्यू 10:00 बजे होने वाला था वो अब 11:00 बजे होगा ।

ये सुन दोनों को थोड़ी राहत मिली , दोनों वेटिंग रूम में गए और वहां रखे

एक सोफे पर बैठ गए ।

तभी एक एंप्लॉय ने वही सामने रखें एक टेबल पर कुछ फाइल्स ला कर रख दी ।

अभी वो दोनों आकर बैठे ही थे कि श्वेता कसमसाते हुए बोली , " खुशी...!
" क्या हुआ....? " खुशी ने पूछा ।
" देख ना अफन ये इंटरव्यू के चक्कर में बिना कुछ खाए पिए आ गए...
" श्वेता बोली ।
" तो....? " खुशी ने पूछा ।
" मैंने आते वक्त देखा था साइड में ही एक रेस्टोरेंट है , चलना एटलीस्ट वहां जाकर एक कप कॉफी पी लेंगे...., " इतना कहकर वो अपने दांत दिखा कर खुशी के जवाब का इंतजार करने लगी ।

तभी खुशी बोली , " श्वेता हम यहां इंटरव्यू देने आए हैं और तुझे कॉफी पीने की सुझ रही है......."
" अरे तो इंटरव्यू देने के लिए एनर्जी भी तो लगती है , और अगर मैं ऐसे ही चली गई इंटरव्यू देने तो बेहोश हो जाऊंगी वहां , प्लीज खुशी... तू सुन रही है ना.... ! " श्वेता उसका चेहरा अपनी तरफ करते हुए बोली ।
" पर इंटरव्यू स्टार्ट ही होने वाला है थोड़ी देर में...... हम लेट हो गए तो....?
" खुशी बोली ।
तो श्वेता उसे उठाते हुए कहने लगी , " कहां अभी थोड़ी देर में स्टार्ट होगा...! पूरा आधा घंटा है अभी.... "
" पर....... " खुशी बोल ही रही थी श्वेता ने उसे जबरदस्ती उठाया ।
और उसके हाथ से अपनी और उसकी फाइल्स लेकर वही टेबल पर रख दी , और उसे लेकर वेटिंग रूम से बाहर जाने लगी ।
तभी खुशी बोली , " पर फाइल्स...? " फिर उसने टेबल की तरफ देखा ।
" फाइल्स....!! वो भैया देख लेंगे.... " श्वेता वही इंटरव्यू के लिए वेट कर रहे एक लड़के की तरफ इशारा करके बोली ।
" आप प्लीज देखना हां इन्हें , हम दोनों बस अभी आते हैं..... "

2

श्वेता ने उस लड़के से कहा ।

उस लड़के ने बस एक फीकी सी स्माइल दे दी , ये देखकर श्वेता खुशी को वहां से ले गई । उनके जाने के बाद वो लड़का मुंह बना कर बोला , " सो इरिटेटिंग.... " कहकर उसने एक लंबी सांस ली और उन फाइल्स पर से अपना पूरा ध्यान हटा दिया ।

तभी वहां वही employee आई और अपनी रखी हुई फाइल्स उठाने लगी , पर उठाते वक्त गलती से वो सारी फाइल उसके हाथ से छूट गई ।

वो बिखरी फाइल्स फिर से समेटने लगी , तभी वहां बैठा लड़का बोला , " यहां पर और दो फाइल्स भी रखी थी उन्हे मिक्स मत कर लेना ..... "

" ओ..ओके " employee ने कहा और दो फाइल्स वहा छोड़कर बाकी ले गई , लेकिन उन छुटी दो फाइल्स में से एक फाइल जो की खुशी की थी , उस एंप्लॉय ने गलती से अपनी लाई हुई फाइल के साथ रख लि और दूसरी फाइल उस जगह छोड़ दी ।

वो उन फाइल्स को एक Driver को देते हुए बोली , " यह रही मिस्टर ओबरॉय की मंगवाई हुई फाइल्स आप उनकी कार में रख दीजिए प्लीज .....! "

इस पर उस ड्राइवर ने हा में अपना सिर हहिला दिया ।

****

उधर रेस्टोरेंट में.........

श्वेता बड़े मजे से कॉफी पी रही थी , पर खुशी परेशान होकर बाहर देखे

जा रही थी

श्वेता कॉफी का एक सिप लेकर , " खुशी एक तो तूने कॉफी पीने से मना कर दिया , ऊपर से अब परेशान भी हो रही है , क्या हुआ ?"

" देखना बाहर काले बादल घिर आए हैं , कभी भी बारिश हो सकती है .... " खुशी ने बाहर देखते हुए कहा ।

" यार मतलब फिर से बारिश आएगी.....! " श्वेता खखिस्याकर बोली ।

तो खुशी परेशान होकर , " हां.... जल्दी कर हमें जल्दी से जल्दी ऑफिस में पहुंचना होगा.... "

असल में खुशी को बारिश के आने से कोई प्रॉब्लम नहीं थी , उसे प्रॉब्लम इस बात से थी कि अगर वो बारिश में बाहर चली गई तो , बारिश रुक जाएगी , और ये बात अब श्वेता को समझ आ गई वो बोहे सिकुड़ कर बोली , " अब समझी.... तू इस बात से परेशान है ना कि अगर बारिश मैं बाहर चली गई तो वो रुक जाएगी , यार कब इस फालतू की बात को अपने दिमाग से निकालेगी.... नहीं है ऐसा कुछ भी..... "

" हां..... नहीं है ऐसा कुछ पर , 11 भी तो बजने वाले हैं ना , तू बस जल्दी-जल्दी कॉफी खत्म कर और फिर हम चलते हैं यहां से ... " खुशी ने कहा ।

पर श्वेता अपनी मस्ती में आराम से कॉफी पीने में लगी थी । खुशी ने जबरदस्ती उसके हाथ से कप छुड़ाया और बिल पे करके उसे खींचती हुई बाहर ले आई ।

" जल्दी चल , श्वेता. .! " खुशी ने कहा

" अरे तो चल ही रही हूं .... अब क्या उडु ? एक तो तूने कॉफी भी पूरी पीने नहीं दी..... " श्वेता ने कहा , तभी उसकी नजर वहीं पास में खड़ी एक कार पर गई जिसके सामने वही लड़का खड़ा था... जो खुशी के सपनों में आता था , उसे देखकर श्वेता उसे तुरंत पहचान गई , वो जल्दी से दौड़ती हुई खुशी के पास गई , जो आगे चली गई थी , वो उसका हाथ पकड़ कर बोली , " खुशी.... खुशी मेरी बात तो सुन..."

खुशी झुंझला कर आसमान की तरफ इशारा करते हुए , " क्या हुआ श्वेता ? देख ना बारिश बस आने वाली है, चल अब जल्दी...."

श्वेता खुशी का मुंह उसी लड़के की तरफ घुमाते हुए बोली , " अरे वो देख तेरा राजकुमार..! "

जैसे ही खुशी ने उसे देखा वो स्तब्ध रह गई , और श्वेता बोले जा रही थी , " देखा..... मैंने कहा था ना कि , वो सच में है...! पर तू ही नहीं मानती थी...! "

कहते हुए उसने खुशी को देखा , वो बस एक टक उसे ही देखे जा रही थी , उसने उसकी आंखों के सामने अपना हाथ हिलाया , तो खुशी की नजर उस पर से हटी और वो हकलाते हुए बोली , " ह... हां... क.... क्या बोल रही थी तु....? "

श्वेता मुस्कुराते हुए , " यही कि.... जा बता दे उसे अपने दिल की बात..... "

ये यह सुन खुशी के कदम आगे की ओर बढ़ने लगे , पर तभी जोर से बादल गरजा और खुशी उस लड़के की तरफ जाने के बजाय ऑफिस की तरफ मुड़ गई ।

उसे दूसरी और जाता देख श्वेता बोली , " खुशी...... कहां जा रही है...! इधर है वो जा ना... बात कर उससे..."

खुशी ऊपर देखकर , " इंटरव्यू के लिए लेट हो रहे है , चल...! "

कहते हुए खुशी आगे चली गई , तभी वो लड़का उस कार में बैठ गया , ये देखकर श्वेता चिल्लाई ," खुशी देख...... वो जा रहा है.... "

पर खुशी ने नहीं सुना , वो फिर से चिल्लाई , " खुशी...! "

पर अब भी खुशी उसे इग्नोर करती हुई आगे चली जा रही थी , अब श्वेता गुस्से में बोली , " मुझे पता है कि तू इंटरव्यू में लेट हो जाने की वजह से ऐसा नहीं कर रही है , असल वजह बारिश है ना...! "

खुशी मुड़कर परेशान होते हुए , " हां है , और मुझे नहीं कहना उनसे कुछ भी , तो बस चल अब.... "

उस लड़के की कार भी अब स्टार्ट हो चुकी थी , ये देखकर श्वेता बोली , " खुशी वो जा रहा है , प्लीज मत कर ऐसा , तूने मेरी कसम खाई थी ना

कि अगर वो तुझे दिखा तो तु उसे सब बता देगी.... खुशी....! "

पर खुशी नहीं सुन रही थी , तो श्वेता ने गुस्से में कहा , " ठीक है तू नहीं कह रही ना... तो.... तो....! "

श्वेता को समझ नहीं आ रहा था कि आगे क्या कहे , फिर उसके दिमाग में जो आया उसने बस कह दिया , " अगर तूने उससे नहीं कहा ना , तो मेरा अभी यहीं एक्सीडेंट हो जाएगा. ... "

ये यह सुनकर खुशी चिढ़कर बोलती हुई पीछे मुड़ी , " श्वेता तू...! "

पर वो पूरी बात कह पाती इससे पहले ही एक ट्रक आया और श्वेता को ठोक कर वहां से तेजी से चला गया......

" श्वेता....अ.....अ...." खुशी बस इतना चिल्ला कर रह गई ।

श्वेता ने खुद ये कभी नहीं सोचा था कि उसकी बस ऐसे ही कही बात सच हो जाएगी ।

श्वेता नीचे रोड पर पड़ी हुई थी , खून से लथपथ , खुशी दौड़ती हुई उसके पास गई और उसके सिर को अपनी गोद में लेकर उसके गाल थपथपाते हुए बोली , " श्वेता... श्वेता.... उठ ना देख मै आ गई , आंखें खोल ना.... प्लीज..... ऐसे थोड़ी ना इतनी सी बात पर गुस्सा होते हैं..... आंखें खोल ना श्वेता....! "

खुशी रो रही थी , उसकी आंखों से मोटे मोटे आंसू श्वेता के चेहरे पर टपके जा रहे थे , पर श्वेता नहीं उठी , खुशी ने वहीं खड़े लोगों से मदद मांगी , उन लोगों ने उसकी मदद भी की , श्वेता के लिए एंबुलेंस बुलाई और उसे स्ट्रेचर पर लेटा कर हॉस्पिटल ले गए । खुशी ने भी वहां पड़ा श्वेता कपड़ा उठाया और श्वेता की ही साथ उसी एंबुलेंस में हॉस्पिटल चली गई । पर वो एक चीज को देखकर भी उस पर गौर नहीं कर पाई और वो था वही उसके सपनों में आने वाला पीले रंग का 3 पंखुड़ियों वाला फूल जो वही श्वेता के पास के पास पड़ा हुआ था ।

****

हॉस्पिटल.....

खुशी आईसीयू के सामने एक बेंच पर बैठी थी , अंदर श्वेता का ऑपरेशन चल रहा था ।

बाहर खुशी का रो-रोकर बुरा हाल था , उसके कानों में बार-बार अपनी बुआ की आवाज गूंज रही थी ," तेरे जैसी खराब किस्मत मैंने किसी की नहीं देखी..... पहले पैदा होते ही मां को खा गई.... और फिर अपनी बेकार किस्मत के चलते अपने बाप को भी बिस्तर पर लेटा दिया..... तेरे साथ जो भी रहेगा चैन से नहीं जी पाएगा...... हम सबके लिए श्राप है तो श्राप....! "

ये कडवे बोल याद करके उसने अपनी आंखें बंद कर ली , और उसकी आंखों से आंसू तैरते हुए नीचे गिर गए ।

तभी वहां श्वेता के पेरेंट्स हड़बढ़ाते हुए आए , उन्हें देखकर खुशी भी अपनी जगह खड़ी हो गई। श्वेता की मां अंजलि, खुशी के पास आई और उसकी बांह पकड़ कर बोली , " कहां है श्वेता.... कैसी है वो.... "

खुशी सिसकियां लेते हुए , " अंदर है... "

कहकर उसने आईसीयू की तरफ इशारा किया , अंजलि आईसीयू के दरवाजे के पास गई , उसकी छोटी सी विंडो से श्वेता दिखाई दे रही थी , उसके मुंह पर ऑक्सीजन मास्क लगा था और उसके चारों ओर डॉक्टर और नर्स उसका ऑपरेशन कर रहे थे , अपनी बेटी की ऐसी हालत देखकर अंजलि के आंसू रोके नहीं रुक रहे थे , पर उन्हें श्वेता के Papa रजत , ने संभाल लिया ।

अंजलि रोते हुए , " रजत...... मेरी बेटी...... मेरी बेटी ठीक तो हो जाएगी ना..... बोलिए ना..... हो जाएगी ना वो ठीक... "

रजत की आंखें भी नम थी , अंजलि के आंसू पूछते हुए बोले , " हमारी बेटी बिल्कुल ठीक हो जाएगी , कुछ भी नहीं होगा उसे , तुम रो मत प्लीज......
"

वो तीनो ऐसे ही वहां बहुत देर इंतजार करते रहे कि , कब डॉक्टर आकर उन्हें बताएं कि श्वेता अब ठीक है , खुशी वही एक दीवार से अपनी पीठ

टिकाए खड़ी थी , रो-रोकर अब उसके आंसू भी सुख चुके थे , उसके कपड़ों पर श्वेता के लाल खून के भी कई दाग लगे हुए थे , वो खड़ी एक टक बस ऊपर हॉस्पिटल की छत को देख रही थी ।

वो मन में बोली , " मां..... क्या सच में मेरी किस्मत इतनी खराब है ? कि मैं अपने आसपास रह रहे लोगों को भी खुशी से नहीं जीने दे सकती..... मैं सच में श्राप हुं क्या... मां ? आज श्वेता की ऐसी हालत मेरी वजह से है...? आप प्लीज भगवान जी से कहिए ना कि वो उसे ठीक कर दे...! वरना अपने आप को कभी माफ नहीं कर पाऊंगी मैं....! "

खुशी अपने आप को ही दोष दे रही थी , और ऐसा हो भी क्यों ना बचपन से बस यही ताना तो सुनती आई है , कि पैदा होती है अपनी मां को खा गई , और फिर कुछ सालों बाद उसके पिता पैरालाइज हो गए , तो उसे साथ में एक और नया ताना मिल गया ।

मुश्किल से उसके पिता अब थोड़ा बोल पाते थे , दुनिया चाहे कितना भी दुख दे उसे , पर उसके Papa उसे बहुत प्यार करते थे , इसलिए तो जब बोल पाने की काबिल हुए तो उसे पढ़ने के लिए दिल्ली भेज दिया , पढ़ने में भी बहुत तेज थी खुशी हमेशा स्कूल और कॉलेज में टॉप किया , गांव में उसके पिता की देखभाल करने के लिए उसकी बुआ रहती थी , और खुशी ने जितने भी ताने सुने थे अभी तक उसमें से 80% तो उसकी बुआ के ही रहे होंगे ।

जब वो दिल्ली से घर कॉल किया करती तो अपने पापा से कुछ प्यारी बातें सुनने को मिल जाती , नहीं तो उसकी बुआ बसी कहती , " कौड़ी कौड़ी जोड़कर तेरे बाप ने तुझे शहर भेजा है , पढ़ने कमाने , मुंह काला करके मत पधारना , और हां खून पसीने की कमाई थी तेरे पापा की जो तेरे पढ़ने ओढ़ने में खर्च कर दी , अब जब पढ़ाई कर ली है तो सीधे तरीके से कुछ कमा कर सुकून दे ही देना उसे....! "

और ना जाने क्या-क्या..... उसकी बुआ चाहती थी कि वो कमाई करें और ढेर सारे पैसे घर लाए पर , साथ वो उसे परेशान करने से भी बाज नहीं आती थी , जब श्वेता ने उसे अपने घर में साथ रहने के लिए , अपने पेरेंट्स से बात की तो खुशी की बुआ ने फोन करके अंजलि से खुशी की चुगली कर डाली , श्वेता ही जानती थी कि कैसे मनाया था उसने फिर

अपनी मां को , इतना सारा दुख और बोझ लिए थी खुशी अपने सर पर , अब जाकर कोई बांटने वाली मिला थी , पर अब वो भी हॉस्पिटल में मौत और जिंदगी से जंग लड़ रही थी ।

अब शाम होने को आई थी और डॉक्टर ने कुछ भी साफ साफ नहीं बताया था , श्वेता की हेल्थ कंडीशन के बारे में ।

शाम के 6:00 बजे डॉक्टर आईसीयू के बाहर आए , रजत , अंजलि और खुशी उनके पास गए और उनसे पूछा कि श्वेता अब कैसी है , डॉक्टर ने जवाब दिया , " बहुत ही क्रिटिकल कंडीशन थी , पर अब वो खतरे से बाहर है......! "

ये सुन तीनों ने चैन की सांस ली , फिर श्वेता को दूसरे वार्ड में शिफ्ट कर दिया गया , अभी भी वो बेहोश थी , डॉक्टर ने कहा था कि उसे 48 घंटे बाद होश आएगा ।

रजत और अंजलि उसी के पास बैठे थे और खुशी वही खड़ी थी ।

अब 8:00 बज चुके थे और किसी ने सुबह से कुछ नहीं खाया था , ये सोचकर खुशी बोली , " आप लोग श्वेता के पास रहिए , मैं खाने को कुछ ले आती हूं...! "

कहकर वो वहां से चली गई , घर आकर पहले उसने नहाया और फिर रजत और अंजली के लिए कुछ हल्का सा खाना बनाकर उसे एक टिफिन में पैक करके , हॉस्पिटल जाने के लिए तैयार हो गई , वो अपना पर्स और टिफिन लेकर हॉल में आई ही थी कि , रजत और अंजलि वहीं आ गए ।

उन्हें देखकर खुशी बोली , " अरे आप लोग यहां क्यों आ गए..... मैं आप दोनों के लिए खाना लेकर आ ही रही थी....! "

अंजलि वही हॉल में सोफे पर बैठ गई और रजत छत पर चले गए ..... दोनों अभी तक खुशी के सवाल का जवाब नहीं दिया था.... खुशी ने सोचा कि श्वेता की वजह से उदास है इसलिए उन्होंने कुछ नहीं कहा....

वो अंजलि के पास गई और उससे बोली , " आंटी आप लोग खाना खा लीजिए , मैं टाइम टेबल पर परोस देती हूं.... "

इतना कहकर वो मूडी और डाइनिंग टेबल पर प्लेट सीधी कर उसमे खाना निकाल ही रही थी , कि अंजलि सामने एकटक देखते हुए उससे बोली , " चली जाओ यहां से.... "

" जी....?? " खुशी को अंजलि की बात अच्छे से सुनाई नहीं दी , अब अंजलि ने गुस्से से उसकी तरफ देखते हुए कहा ," चली जाओ यहां से..... सही कहा था तुम्हारी बुआ ने , तुम्हारी संगत के चलते कोई ना कोई मुसीबत जरूर आएगी हमारे ऊपर , और देखो आ गई , मरते-मरते बची है मेरी बेटी , वो भी सिर्फ तुम्हारी बुरी किस्मत के कारण ....! "

अब श्वेता की मां से भी वही सब सुनकर खुशी की आंखें नम हो गई , अपनी ही सबसे अच्छी दोस्त की इस हालत का जिम्मेदार उसे ही ठहराया जा रहा था ।

आखिर कौन ये सब बर्दाश्त करें , पर उसे तो अब आदत सी हो गई थी , ऐसे इल्जाम सुनने की , जिनका शायद कोई मतलब ही नहीं है ।

अंजलि आगे बोली , " अंदर कमरे में जाओ , अपना सारा सामान बांधो , और निकल जाओ मेरे घर से , और मेरी बेटी की जिंदगी से , बक्ष दो उसे अब , चली जाओ यहां से अभी इसी वक्त....! "

खुशी ने भी कुछ नहीं कहा और कमरे में जाकर अपना सारा सामान पैक करने लगी , हां रेंट देती थी वो इस घर मैं रहने का , पर वो इतना नहीं था जितना असल में लगता , श्वेता जानती थी कि खुशी की आर्थिक स्थिति बिल्कुल भी ठीक नहीं है , इसलिए उसने जानबूझकर उसे घर का कम रेंट लिया , वो तो लेना भी नहीं चाहती थी , पर खुशी मानती भी कहां उस घर में फ्री में रहने जाने को...

ये बात कि श्वेता उससे कम रेंट ले रही है उसने खुशी से बहुत छुपाने की भी कोशिश की थी पर खुशी को पता चल ही गया था ।

एक तरह से देखा जाए तो श्वेता का खुशी को अपने घर में रहने देना , किसी बहुत बड़े एहसान से कम नहीं था , इसलिए जब अंजलि ने खुशी को यहां से चले जाने को कहा तो उसने बिना किसी बहस के ये बात मान

ली ।

खुशी ने अपना सारा सामान एक ही बैग में पैक कर लिया , आखिर सामान था ही कितना उसके पास , उसने साथ ही वहां रखी उसकी और श्वेता की तस्वीर भी , अपने बैग में रख ली और अलमारी से अपने पैसे निकाले , जो उसके पापा उसे भेजा करते थे , आधे पैसे उसने बैग में रखे और आधे अपने हाथ में लिए , हॉल में आई और वो पैसे अंजलि को देते हुए बोली , " आंटी है इस महीने का रेंट है..... मैंने श्वेता को दिया नहीं था.....! "

" नहीं चाहिए मुझे पैसे ..... तुम बस चली जाओ हम सब से दूर , इतना ही काफी होगा हमारे लिए. ...! " अंजलि ने मना करते हुए कहा और दूसरी तरफ देखने लगी ।

तो खुशी ने वो पैसे वहीं टेबल पर रखे और अपना बैग और पर्स लेकर घर से बाहर आ गई , उसके बाहर जाते ही अंजलि ने जोर की आवाज से दरवाजा बंद कर दिया ।

रात के 10:00 बज चुके थे , खुशी को कुछ भी समझ नहीं आ रहा था कि वो अब कहां जाए , आज का इंटरव्यू भी वो नहीं दे पाई थी , तो बिना नौकरी के दिल्ली जैसे महंगे शहर में रहना तो नामुमकिन था , उसने फैसला किया कि वो वापस अपने गांव चली जाएगी , पर..... ऐसे बिना पैसे कमाए वो अपने गांव भी कैसे जा सकती थी , बस यही सब सोचती हुई वो बरसात में भीगी उस सड़क पर चले जा रही थी ।

अब सामने बस स्टॉप था वो वहां जाकर वो बस बैठ गई , आगे क्या होगा वो खुद भी नहीं जानती थी , वो बस का इंतजार तो कर रही थी पर , उसे कहां जाना था ये नहीं जानती थी , आसपास बिल्कुल सुनसान था , बारिश आने की वजह से इतने बजे सभी अपने घर में ही थे , उस काले बादल से गिरे आसमान के नीचे बस एक ... बस स्टॉप था.... जहां खुशी चुपचाप अकेली बैठी थी ....

तभी वहां एक कार लहराती हुई आई और बस स्टॉप के सामने रुक गई..... उसके ड्राइविंग सीट का दरवाजा खुला और 20-21 साल का एक

लड़का हाथ में वाइन की बोतल लिए लड़खड़ाता हुआ बाहर निकला , उसे देखकर साफ समझ आ रहा था कि उसने बहुत शराब पी रखी है , वो वैसे ही डगमगाता हुआ अपने आप को संभालते हुए बस स्टॉप के अंदर बेंच पर आकर बैठ गया , देखने से तो वो किसी बड़े घर का लगता था , पर वो बहुत ही खराब हालत में था ।

उसने वो बोतल अपने मुंह से लगाई और एक घूंट वाइन पी कर चिल्लाने लगा , " क्या-क्या नहीं किया मैंने उसके लिए..... मुझे डम्ब कर दिया उसने...... बद्दुआ लगेगी उसे....... मेरी बद्दुआ.... मेरे जैसे हैंडसम और केयरिंग बॉयफ्रेंड को छोड़ने की बद्दुआ लगेगी उसे......."

फिर ऊपर देख कर , " भगवान उसकी शादी ना किसी गंजे , काले और एकदम युज़लेस लड़के से कराना..... मुझे छोड़ कर चली गई वो मुझे. ..! "

खुशी ने उसे एक नजर देखा फिर उसे इग्नोर कर दिया ।

तभी उस लड़के की नजर खुशी पर गई और वो उसे देखते ही रह गया ।

वेसे खुशी इतनी भी खूबसूरत नहीं थी , पर इतनी बुरी भी नहीं थी , लेकिन उसके होठों के नीचे उस काले तिल ने उसके चेहरे को आकर्षक बना दिया था , इसलिए इतना ज्यादा सुंदर ना होने के बावजूद भी लोगों की नजर उस पर जाकर अटक जाया करती थी ।

वो लड़का अपनी जगह से खड़ा हुआ और वाइन का एक और घूंट लेते हुए खुशी के पास गया और धीरे से बोला , " मेरी गर्लफ्रेंड बनोगी.... ?? "

ये सुन खुशी आंखें फाड़े उसे देखने लगी और साथ ही किसी अनहोनी के हो जाने के डर से उसका दिल भी जोरो से धड़कने लगा , वो हैरानी से बोली , " जी..?? "

ये सुन वो लड़का तुरंत खुशी के पैरों के पास घुटनों के बल बैठ गया और हाथ जोड़कर गिड़गड़ाने लगा ।

" वो छोड़ कर चली गई मुझे..... प्लीज मेरी गर्लफ्रेंड बन जाओ..... आपको उसके सामने ले जाकर उसको जलाऊंगा...! प्लीज ! "

ऐसे उस लड़के के अचानक से बैठ जाने पर खुशी घबरा कर खड़ी हो गई ,

और चिढ़कर बोली , " ये क्या बदतमीजी है.... उठिए आप....! "

खुशी का कहा सुनकर वो लड़का खड़ा हुआ और खुशी के पास जाते हुए बोला , " मैं बदतमीजी नहीं कर रहा हूं , मैं तो.... "

वो बोलते बोलते रुक गया , क्योंकि उसके सामने खड़ी खुशी उसके मुंह से आती शराब की गंध को बर्दाश्त नहीं कर पा रही थी , ये देख वो सॉरी बोलते हुए थोड़े पीछे हटा ।

फिर उस वाइन की बोतल को एक बार देखा , और वहीं फेंक कर फोड़ दिया ।

खुशी ने ऐसा कुछ होने का सोचा भी नहीं था , वो हैरान थी कि एकदम से क्या हो गया उसे ।

तभी वो लड़का फिर से खुशी के पैरों के पास बैठ गया और बोला , " देखो अब मैंने बोतल भी फेंक दी , प्लीज मेरी गर्लफ्रेंड बन जाओ प्लीज...! "

ये कहते हुए उसकी पलकें भीग गईं , खुशी को कुछ समझ नहीं आ रहा था कि वो क्या करे ।

उसने धीरे से अपने पैर उठाकर वहां से निकलने की कोशिश की , पर उस लड़के ने अब उसके पैर भी पकड़ लिए और रोने लगा ।

खुशी अपने आप को छुड़ाते हुए बोली , " देखिए मैं समझती हूं कि आप बहुत दुखी हैं.... पर प्लीज मुझे छोड़ दो.... मैं आपकी गर्लफ्रेंड नहीं बन सकती..... मुझे जाने दो.... "

पर अभी भी उसने उसके पैर नहीं छोड़े , उससे अपने पैर छुड़ाने के चक्कर में खुशी का बैलेंस बिगड़ा और वो पीछे रखी बेंच पर धम्म... से बैठ गई पर उस लड़के ने पैर नहीं छोड़े ।

खुशी का ध्यान पूरा उस पर ही था , उसने देखा ही नहीं कि कब एक कार वहां आकर रुकी और उसमें से वही लड़का निकला जो उसके सपनों में आया करता था , वो दौड़ता हुआ आया और खुशी के पैर उस लड़के से छुड़ाते हुए बोला , " मेहुल छोड़ो...... छोड़ो..... क्या कर रहे हो तुम......"

खुशी को राहत मिली कि कोई तो आया उसे इस अजीब लड़के से बचाने , पर अभी उसने उसका चेहरा नहीं देखा था ।

मेहुल की नजर जब उस लड़के पर गई तो वो खुशी के पैर छोड़कर उससे लिपट गया ।

और रोते हुए बोला , "भाई वो मुझे छोड़ कर चली गई........"

तो वो लड़का उसके आंसू पूछते हुए बोला , " मेहुल ..... मेहुल, चुप..... चुप.... ऐसे कोई रोता है क्या....? "

इतना कह कर उसने खुशी से कहा , " आई एम सॉरी.... ये मेरा भाई है अभी थोड़ा इमोशनल हो गया है इसलिए इसने ये सब किया.... "

पर खुशी उसे एक बार फिर अपने सामने देख कर हैरान थी । पर उसने अपनी फिलिंग्स को संभाला और बोली , " इट्स ओके..... "

तो उसने एक शर्मिंदगी भरी स्माइल कर दी और मेहुल को उठाकर संभालते हुए ले , गया फिर मेहुल की ही लाई हुई कार का दरवाजा खोल उसे बैठा दिया ।

फिर खुद भी ड्राइविंग सीट पर बैठकर कार चलाता हुआ वहां से चला गया ।

उसे जाता हुआ देखकर खुशी मन में बोली , " आखिर कैसी परीक्षा ले रही है तकदीर मुझसे , कि आपको यू बार बार मिला रही है मुझसे .... "

फिर खुशी ने फोन में टाइम देखा 11:00 बज चुके थे , तो बस की आने की कोई भी आस उसे नजर नहीं आ रही थी ।

अब रात तो कहीं ना कहीं गुजारनी ही थी , पर वो जाए तो जाए कहां , बस बिना कुछ सोचे समझे वो उस बस स्टॉप से बाहर निकल गई और रोड पर चलने लगी ।

आज दिन में जो कुछ भी हुआ वो उसके दिमाग में चल रहा था और साथ ही उसे श्वेता की भी बहुत याद आ रही थी , ये कम था जो अब बादल भी फिर से गरजने लगे , बारिश अब कभी भी हो सकती थी ।

" अब मैं क्या करूं यहां तो दूर-दूर तक सुंसान है , और अगर बारिश आ गई तो.... " कहते हुए वो वैसे ही परेशान चलती रही ।

तभी उसके साइड में एक कार आकर रुकी , खुशी भी कार को देख कर रुक गई ।

3

उस कार में बैठे इंसान ने उसका कांच खोला , वो वहीं था खुशी के सपनों में आने वाला । अब एक बार फिर वो उसके सामने था , वो कार से उतरा और एक जेंटल स्माइल के साथ अपना हाथ खुशी की तरफ बढ़ा कर बोला , " मैं नेहान्थ सिंह ओबरॉय और आप...? "

जवाब में खुशी ने झिझकते हुए अपना हाथ उससे मिलाया और बोली , " खुशी शर्मा...! "

उसका नाम सुन नेहांथ की स्माइल और भी प्यारी और बड़ी हो गई , खुशी ने अब अपना हाथ वापस ले लिया , तभी नेहांथ ऊपर आसमान की तरफ देखकर बोला , " अ... लगता है बहुत जोरदार बारिश होने वाली है..... "

खुशी नेहान्थ से अपनी नज़रें नहीं मिला पा रही थी , वो पलके नीचे कि ये बस इतना ही बोली , "हम्म. .."

उन दोनों के बीच में एक अलग ही तरह की शांती थी , जो मोहोल को बहुत ही ऑकवर्ड बना रही थी , नेहांथ मन में अपने आप से , " नेहांथ इतनी बड़ी बड़ी डील साइन कर लेते हो तुम , अब क्या हुआ...?? "

यह सोचकर उसने अपने बालों में हाथ फेरे और खुशी से बोला , " आप कहा जा रही हैं , मै ड्रोप कर देता हूं... "

" मै खुद ही चली जाउंगी....! " खुशी ने कहा और जाने लगी ।

" यहां पास में इतनी आसानी से आपको रहने के लिए कोई भी जगह नहीं मिलेगी...... " नेहांथ ने कहा ।

नेहांथ की बात सुन खुशी मुडी और आश्चर्य से बोली , " जी..?? "

नेहांथ खुशी के पास आकर , " रात के 12:00 बजे एक लड़की अकेले अपना बैग लेकर बस स्टॉप पर खड़ी है..... इसका मतलब तो यही हुआ ना , या तो आपका कोई नहीं है , और शायद आपके किराएदार ने आप को घर से निकाल दिया है... "

ये सुन खुशी उसे अजीब नजरों से देखने लगी , उसे ऐसा देखने नेहांथ बोला , " सच में हुआ है ऐसा , मैं बस ऐसे ही अनुमान लगा रहा था.... तो मैं आपकी मदद कर सकता हूं , देखिए इतनी आसानी से आपको किराए के लिए घर नहीं मिलेगा , तो मैं किसी को जानता हूं किसी को जो किराएदार ढूंढ रहा है तो आप...."
" मुझे आपकी कोई हेल्प नहीं चाहिए , प्लीज...." खुशी ने कहा ।
तो नेहांथ तुरंत बोला , " आप मुझ पर भरोसा कर सकती है..... "
ये सेंटेंस सुन खुशी को अपना सपना याद आ गया , जिसमें नेहांथ इसी तरह उसे अपने साथ ले जाकर उसे ढेर सारी खुशियां देता है , ये याद कर , एक पल को तो खुशी के दिल में उम्मीद जागी कि शायद सब ठीक हो जाएगा , अगर वो उसके साथ चली जाए तो , लेकिन ये भी हो सकता था कि उसकी मां , पापा और श्वेता की तरह नेहांथ को भी कुछ हो जाए ।
ये सोचकर उसने तुरंत नेहांथ को मना कर दिया ।
पर नेहांथ को पता नहीं क्या हो गया था , शायद उसका भी खुशी के होठों के नीचे छपे उस काले तिल पर दिल आ गया था ।

वो फिर , बोला , " अगर आपको ऐसा लग रहा है कि मैं आपको चोट पहुंचाउंगा तो आप एक काम कीजिए आप अपनी किसी फ्रेंड को कॉल करके बता दीजिए कि आप मेरे साथ जा रही है , वैसे तो ऐसा कुछ होगा नहीं पर आप अपनी संतुष्टि के लिए बता दीजिए... "
पर नेहांथ की बात सुन खुशी को श्वेता याद आ गई , और उसकी आंखों की कोरें एक बार फिर भीग गई , और नेहांथ को पता ना चले इसलिए उसने अपनी पलकें नीची कर ली ।

पर नेहांथ समझ गया कि उसे फ्रेंड के बारे में बात नहीं करनी चाहिए थी

, वो धीरे से बोला , " आपकी कोई फ्रेंड नहीं है क्या...? "

ये सुन खुशी ने हां में सिर हिला दिया और बोली , " देखिए , आप प्लीज मेरे लिए परेशान मत होइए , मै मैनेज कर लुंगी..... "

" अरे! पर ऐसे कैसे मैं आपको अकेले जाने दे सकता हूं .... मेरा मतलब , रात बहुत हो गई है , आप मेरे साथ चलिए मैं आपको एक अच्छी और सेफ जगह दिलवा सकता हूं रहने के लिए , समझता हूं ऐसे किसी अजनबी पर इतनी आसानी से भरोसा करना मुश्किल है , पर एक बार ये रिस्क ले कर तो देखिए...."

तो खुशी परेशान होकर बोली , " मैं....... " वो बोली रही थी कि तभी जोर की आवाज से बादल गरजे ।

ये देख नेहांथ ने एक आखरी बार कोशिश की , " बारिश होने वाली है , आप भीग जाओगी..... प्लीज.....! "

जब भी बारिश आने वाली होती थी और खुशी का दिमाग वैसे भी बंद हो जाया करता था , क्योंकि वो कभी नहीं चाहती थी कि उसकी वजह से बारिश आसमान मे ही रुक जाए ।

वो अभी इसी कशमकश में थी , कि नेहांथ के साथ जाने के लिए हां कहे , या ना ।

पर तभी फिर से बादल गरजे और खुशी ने बिना कुछ सोचे समझे हां कह दिया ।

उसकी हां सुन नेहांथ के चेहरा खिल गया और उसने जल्दी से खुशी के लिए सामने वाली सीट का दरवाजा खोल दिया ।

खुशी भी बारिश के डर के कारण जल्दी से बैठ गई , नेहांथ भी ड्राइविंग सीट पर आकर बैठ गया ।

वो बहुत खुश था और ये उसके चेहरे पर साफ नजर आ रहा था , पर खुशी को कुछ पता ना चल जाए इसलिए उसने अपने आप को नार्मल किया , और कार स्टार्ट कर ली और तभी बारिश की मोटी मोटी बूंदे आसमान से टपकने लगी , थोड़ी ही देर में पूरी रोड और गीली हो गई ।

खुशी अपनी परेशानियों में खोई हुई थी , और नेहांथ उसके चेहरे में ।

थोड़ी देर बाद उनकी कार एक घर के पास पहुंची , अब बारिश भी बंद हो चुकी थी , दोनों कार से बाहर निकले , नेहांथ ने उस घर के सामने जाकर डोरबेल बजाई , और एक बूढ़ी औरत ने दरवाजा खोला , वो बहुत ही क्यूट थी , दरवाजे पर जैसे ही उन्होंने नेहांत को देखा , वो खुशी से फूली न समाई , और नेहांथ के गाल खींचते हुए , खिलखिला कर बोली , " इतना दिनों बाद आया है तुम .... हां.... और मैंने जो काम कहा था वो काम किया या नहीं. ......"
कहते हुए उन्होंने अपनी कमर पर हाथ रख लिया ।

खुशी नेहांथ के पीछे खड़ी थी , जिस वजह से उन्होंने अभी उसे देखा नहीं था ।
" हां... हां... मेरी क्वीनी उसे ही तो लेकर आया हूं.... " नेहांथ नहीं कहा और खुशी के सामने से हट गया ।
उसे देखकर वो अपनी आंखों में चमक लिए खुशी के पास आई और उसे प्यार से निहारते हुए , नेहांथ की बाजू खींच कर उसके कान में धीरे स बोली , " यह किराएदार तुम मेरे घर के लिए लाया है या अपने दिल के लिए..... "
जवाब में नेहान्थ शरारत से मुस्कुरा दिया ।
ये देख वो उसके कंधे पर मारते हुए बोली , " कितना बदमाश है तुम... "
फिर खुशी के पास आ कर , " चलो बेटा.......! "

खुशी को ऐसे उनके घर जाना ठीक तो नहीं लग रहा था , पर वो चली गई , वो बस flow में चली जा रही थी , उसने सब कुछ अब किस्मत के हवाले कर दिया था , वो उसे जहां ले जाती , वो चली जाती ।

तीनों घर में आए , वो घर ज्यादा बड़ा तो नहीं था , पर अगर कोई एक इंसान वहां अकेला रहे तो अकेलेपन के कारण जरूर वो घर उसे काटने को दौड़े ।
उन्होंने खुशी से उसका नाम पूछा खुशी ने बताया , फिर खुशी ने उनसे

उनका नाम पूछा तो वो बोली , " मेरा नाम में क्या रखा है....!"
फिर ने हाथ की तरफ इशारा करके , " ये मुझे क्वीनी बोलता है , कोई दादी , कोई ग्रैनी , तो कोई आंटी , इतना सारा नाम है मेरा कि मैं तो भूल गई हूं कि मेरा नाम असल में है क्या.... तो अब तुम भी कोई अच्छा सा नाम रख दो मेरा.... फिर वही कहकर बुलाना....! "

उनकी प्यारी बातें सुनकर खुशी को हंसी आ गई और फिर आप अनुमान लगा सकते हैं कि उसे हंसता देखकर नेहांथ का क्या हाल हुआ होगा ।
वो मुस्कुराते हुए उनसे बोली , " आप कितनी प्यारी बातें करती हैं , कितनी स्वीट है , तो मैं आपको स्वीटी कह कर बुलाउंगी , ठीक रहेगा ना....! "
ये सुन उन्होंने कहा , " अरे तुम मेरे को स्वीटी बोलेगा तो मेरे को डायबिटीज ही हो जाएगा.....! "
ये सुन तीनों हंसने लगे ।

फिर स्वीटी ने दोनों को खाना खिलाया और नेहांथ उन्हें बाय बोल कर वहां से चला गया ।
पर जाते वक्त उसका पूरा ध्यान खुशी पर ही था , उसके बाद स्वीटी ने खुशी को उसका कमरा दिखाया और उसे वहां अपना सामान जमाने में भी मदद की ।

उधर नेहांथ तो बस खुशी के ही बारे में सोच रहा था , वो मेहुल के रूम में गया।
बड़े से बैड पर मेहुल फेल कर सो रहा था , नेहांथ उसके सिर के पास बैठा और उसका सिर सहलाते हुए बोला , " मेहुल वो बहुत प्यारी है , और सिर्फ तेरी वजह से शायद मुझे मेरी परफेक्ट लाइफ पार्टनर मिल गई , आए थिंक मुझे तेरी एक्स गर्लफ्रेंड को थैंक्यू बोलना चाहिए , अगर वो तुझे डम्ब नहीं करती तो , ना तू इतनी ड्रिंक करता , फिर ना खुशी के पैर पकड़ कर रोता , और ना मैं तुझे ढूंढता हुआ वहां आता , और ना उससे मिलता..... "

ये कहते हुए एक बार फिर उसके होठों पर मुस्कान आ गई. ....

" वैसे मैं तुझे अभी बता रहा हूं.... वो भी इसलिए ताकि तुझे पता ना चले , वरना अगर तुझे पता चल गया तो पक्का तू मुझसे पहले ही मेरे दिल की बातें उसे बता देगा और मेरी स्टोरे स्टार्ट होने से पहले ही खत्म हो जाएगी , इसलिए उसे अपना बनाने के बाद तुझे बताऊंगा , गुड नाइट....
"

कहकर नेहांथ वहां से चला गया ।

4

अगली सुबह नेहांथ उठकर रेडी हो गया था । पर मेहुल अभी तक सो रहा था ।

नेहांथ अपने रूम से बाहर आया और नौकर से कहकर नींबू पानी बुलवा लिया और खुद उसे लेकर मेहुल के रूम में चला गया ।

" मेहुल उठो सुबह हो गई..! " कहते हुए नेहांथ ने खिड़की के सामने से परदे हटा दिए ।

ऐसा करते ही बाहर से सूरज की किरणे सीधे मेहुल के चेहरे पर पड़ी ।

मेहुल तकिए से अपना चेहरा ढककर ," भैया प्लीज खिड़की बंद करो , वैसे ही सिर दर्द हो रहा है...! "

नेहांथ उसके चेहरे पर से तकिया हटा कर , " उठ और नींबू पानी पी , सिर दर्द ठीक हो जाएगा...! "

ये सुन मेहुल उठ कर बैठ गया और नेहांथ के हाथ से गिलास लेकर पूरा नींबू पानी एक ही सांस में पी गया ।

पीते ही उसे रात की सारी बातें याद आई और वो उदास होकर बोला , " भैया वो उसने छोड़ दिया ..... "

" मेहुल....! वो तेरी सोल मेट नहीं थी , कोई और है जो तेरी तकदीर में लिखी है , वो कोई है और तेरे साथ पूरी लाइफ स्पेंड करेगी , और वो नहीं थी इसलिए तेरी लाइफ से बाहर हो गई , अब उसी को सोच सोच कर तु आंसू बहाएगा तो बेवकूफ कहेंगे लोग तुझे .....! " नेहांथ उसे समझाते हुए बोला ।

" सही कह रहे हो आप और आप ही लेकर आए ना मुझे घर....?? " मेहुल
ने पूछा ।

" हां....." नेहांथ ने कहा ।

" तो वो Bus स्टोप वाली लड़की कहा गई , कितना परेशान किया मैंने
उसे.... " मेहुल embarrass होते हुए बोला ।

नेहांथ मुस्कुराकर , " याद है तुझे वो...? "

" हां...... पर भाई इतनी रात को वो बस स्टॉप पर क्या कर रही थी , वो
भी अकेली...? " मेहुल ने पूछा ।

इस पर नेहांथ बोला , " वो..... उसके किराएदार ने उसे घर से निकाल
दिया था.... "

मेहुल परेशान होकर , " ओह ! तो इसीलिए वो इतनी रात को अकेली वहां
खड़ी थी. ... पर वो कहां गई होगी....! "

नेहांथ बेड से उठते हुए , " टेंशन मत ले मैं उसे क्वीनी के घर छोड़ कर
आया हूं , क्वीनी को भी किराएदार चाहिए था सो मिल गया , और उसे
भी छत मिल गई..... "

ये सब कहते हुए नेहांथ के चेहरे पर अलग ही glow था ।

मेहुल ने जब ये नोटिस किया तो बोला , " भाई आज आपका चेहरा इतना
ग्लो क्यों कर रहा है ? आपने कोई फेसपैक यूज़ किया है क्या.....?? "

नेहाथ हकलाते हुए , " नहीं.... नहीं तो ऐसा कुछ नहीं है..... चल तु जल्दी
फ्रेश होकर नीचे आ , नाश्ता भी तो करना है , चल जल्दी.... "

कहकर वो चला गया ।

थोड़ी देर बाद....

मेहुल नीचे आया तो देखा , नेहांथ हॉल में सोफे पर बैठा है और फोन को
अपने कान से लगाए किसी से बात कर रहा है , मेहुल भी आकर उसी के
पास बैठ गया , नेहांथ में अपना फोन कान से हटाया और कॉल एंड कर ,
मेहुल से बोला , " आ गया तु ... !"

वो बोल ही रहा था कि एक नौकर बाहर से आया और कुछ फाइल्स हाथ
में लिए उससे बोला , " सर ये फाइल्स कहा रखुं. .?

फाइल देखकर नेहांथ को कुछ याद आया और वो बोला , " ओह , हां इन फाइल्स को चेक करना तो मैं भूल ही गया...! "

फिर उस नौकर से ," आप इन्हें यही टेबल पर रख दो..... "

फिर एक फाइल उठाकर उसे देखते हुए , " मेहुल तु नाश्ता कर ले , मुझे अभी ये फाइल चेक करनी है थोड़ा टाइम लग जाएगा ....! "

तो मेहुल उठा और डाइनिंग टेबल के पास जाकर एक प्लेट में पोहा निकाल , नेहाथ के पास ही आकर बैठ गया , फिर एक चम्मच में पोहा लेकर अपना हाथ उसके मुंह की तरफ बढ़ा दिया ।

ये देख नेहांथ बोला , " ये क्या कर रहा है...? "

मेहुल अपनी आंखों से चम्मच की तरफ इशारा करके , " खाओ....! "

अपने भाई का प्यार देख नेहाथ के होंठ मुस्कुरा दिए और उसने पोहा खा लिया ।

बस मेहुल खुद भी खाता रहा और उसे भी खिलाता रहा , नेहांथ भी नाश्ता करने के साथ-साथ फाइल चेक कर रहा था , तभी उसने एक फाइल उठाई और उसमें से एक पेपर निकल कर नीचे गिर गया , वो उल्टा था , नेहांथ ने उसे उठाकर सीधा किया , तो उसमें उसका ही स्केच बना हुआ था , ये देखकर मेहुल बोला , " भैया ये तो आपका स्केच है पर किसने बनाया हो..... "

वो बोल ही रहा था कि उसकी नजर स्केच के नीचे लिखे कुछ शब्दों पर गई और वो उन्हें पढ़ने लगा , " सपनों का राजकुमार.... ! "

ये पढ़ने के बाद उसकी आंखें बड़ी हो गई और वो बोला , " भैया , मुझे तो लगता है ये किसी लड़की का काम है जो आप को इंप्रेस करना चाहती है , फंसाना चाहती आपको अपने जाल में ... "

" मेहुल ! कुछ भी बोलता है..... ये वाला पेपर इस फाइल में अटैच नहीं था , इसका मतलब ये हुआ कि ये गलती से आ गया है. ... " नेहाथ ने कहा ।

" पर भैया बात तो फिर भी यही है ना कि किसने बनाया....! " मेहुल ने

कहा ।

कुछ सोचकर नेहांथ ने वहीं फाइल खोली जिसमें से ये पेपर गिरा था और वो दोनों ही शोक्ड हो गए क्योंकि उसके पहले ही पेज पर खुशी की पासपोर्ट साइज फोटो लगी हुई थी , और साथ ही सारी इंफॉर्मेशन भी , उसका नाम , उसके पिता का नाम , उसकी एजुकेशन वगैरह सब कुछ ।

फोटो देखकर मेहुल बोला , " भैया ये तो वही रात वाली लड़की है ना.... और ये किसी इंटरव्यू के लिए की फाइल लगती है , पर ये कहां से आई...???"

" मुझे लगता है कल जब मैं मिस्टर खुराना के ऑफिस गया था , जब वहां खुशी भी थी , और वहां इंटरव्यू देने आई होगी , पर इंटरव्यू तो कल ही था ना और उसकी फाइल यहां है , इसका मतलब वो ये इंटरव्यू नहीं दे पाई...! " नेहांथ ने अनुमान लगाते हुए कहा।

फिर उसने खुशी के बनाए उस स्केच को देखा , उसे देखकर उसके चेहरे पर फिर वही प्यारी सी स्माइल आ गई जो कल खुशी के उसके साथ चलने के लिए मान जाने पर आई थी ।

और ये स्माइल मेहुल से छुप ना सकी , वो एकदम से खड़ा हुआ और चिल्लाकर बोला , " आप उससे प्यार करते हो...?? "

ये सुन नेहांथ के हाथ में पकड़ी फाइल उसके हाथ से छूट गई और वो हड़बड़ा कर उसे उठाते हुए बोला , " क्या कुछ भी बोलता है....! "

" मतलब मेरे भाई को प्यार हो गया..! " मेहुल झूमते हुए बोला ।

" नहीं..." नेहांथ ने कहा ।

" हां... " मेहुल बोला ।

नेहांथ - " नहीं..! "

मेहुल - " हां... ! "

नेहांथ - " नहीं...! "

मेहुल - " हां... "

नेहांथ - " नहीं... "

मेहुल - " नहीं.. "

नेहांथ - " हां...! " मेहुल के ना कहने पर नेहांथ में ही गलती से हा बोल दिया ।

मेहुल चहककर , " अरे ! भाई मैं कब से ऐसी ही भाभी की तलाश में था , कितनी सुंदर है वो और पोलाइट भी.... अब आप ना जल्दी से उनको पटाओ और उनसे शादी कर लो.... "

नेहांथ उसे वार्निंग देते हुए , " मेहुल ! सुन ले ध्यान से ऐसे एक्साइटमेंट में आकर तू उससे कुछ भी नहीं कहेगा ठीक है...... सुन रहा है ना तू ? और ना ही ये बताएगा कि उसका बनाया हुआ स्केच मेरे पास है , ठीक है....! "

" हां.... हां..... भाई नहीं बताऊंगा पर , पहले आप ये बताओ कि आपका फर्स्ट स्टेप क्या होगा. ... "

मेहुल चेहक कर बोला ।

नेहांथ सोचते हुए , " हां... मैं क्या करूंगा पहले... "

" भाई..... भाई आप एक काम क्यों नहीं करते , देखो भाभी ने इंटरव्यू नहीं दिया , इसका मतलब उनके पास कोई जॉब नहीं होगी , तो ऑविअसली उनको जॉब की जरूरत होगी ना , तो आप उन्हे अपने ऑफिस में कोई जोब दे दो , देखो इसे दो काम होंगे , पहला.... ये करने से उन पर आपका इंप्रेशन भी अच्छा होगा , और दुसरा आपको उनके साथ ज्यादा टाइम मिलेगा , जिससे आप अपना काम जल्दी और आसानी से कर सकते हो...! "

ये सुन नेहांथ के चेहरे पर एक बड़ी सी स्माइल आ गई , और वो मेहुल को गले लगा कर प्यार से बोला , " मेहुल ! मेरे भाई..." और फिर वहां से जाते हुए , " मैं जाता हूं बाय.... "

****

स्वीटी का घर....

बाहर एक बार फिर बारिश शुरू हो गई थी , और खुशी खिड़की से उस

बरसते पानी को निहार रही थी । उसे बरसात बहुत पसंद थी , पर उसे छू पाना उस के नसीब में नहीं था , इसलिए बस उसे देख कर ही अपना मन भर लिया करती थी ।

तभी वहां स्वीटी आई और उससे बोली , " खुशी लगता है बारिश बहुत पसंद है तुमको....! "

खुशी मुस्कुराकर , " जी....! बहुत पसंद है...."

" मैं जब तुम्हारी उम्र का था ना , तो मैं भी ऐसच था मेरे को भी बारिश बहुत अच्छा लगता था , अभी भी लगता है , पर जवानी की बात तो अलग ही होती है , और मैं तुम्हें बता नहीं सकता कि मैं कितनी बार बारिश में जानबूझकर भिगता था , बारिश में भीगना बहुत अच्छा लगता था मेरे को , और फिर जब घर आती थी ना तो मम्मी से डांट खाया करती थी , बहुत डाटती थी मेरी मम्मी.... "

फिर एक्टिंग करते हुए , " ऐसे कमर पर हाथ रखती थी वो, और बस चालू हो जाती थी , मैं तो धीरे से खिसक लेती थी वहां से.... "

कहकर स्वीटी ने खुशी को आंख मार दी ।

खुशी को हंसी आ गई और वो प्यार से उनके गाल पकड़ कर बोली , " आप सच में बहुत स्वीट हो...! "

इस पर वो बोली , " अरे इसलिए तो तुम मेरा नाम स्वीटी रखा.... "

ये कहते ही अब वो दोनों साथ में हंसने लगे ।

तभी स्वीटी ने पूछा , " और तुम बताओ.... तुम कितने बार भीगा है बारिश में..?? "

" मैं.... नहीं भीगी.... " खुशी ने कहा ।

" कभी भी नहीं...?? " स्वीटी ने कंफर्म किया ।

" हां , कभी भी नहीं..!! " खुशी ने एक फीकी मुस्कान के साथ कहा , पर स्वीटी उस मुस्कान को समझ नहीं पाई और हंसते हुए बोली , " ऐसा हो ही नहीं सकता , तुम ना सच्ची में बहुत मजाकिया है... "

फिर डाइनिंग टेबल की तरफ जा कर , " चलो आओ.... नाश्ता कर लो मैंने तुम्हारे लिए स्पेशल गाजर का हलवा बनाया है.... तुम्हें पसंद तो है

ना कि मैं कुछ और बनाऊं..?? "

" नहीं... नहीं मुझे जो मिले मैं वही खा लूंगी...! " खुशी ने कहा और एक चेयर पीछे खींच कर बैठ गई ।

स्वीटी भी उसके सामने एक चेयर पर बैठते हुए बोली , " मैंने तुम्हारा जैसा लड़की आज तक नहीं देखा , अरे ! मैं तुम्हारी उम्र में था ना , तो घर में चाहे कितनी भी अच्छी चीज क्यों न बनी हो , मेरा आनाकानी चलताच रहता था... "

कहकर वो हंसने लगी , जवाब में खुशी ने भी मुस्कुरा दिया ।

दोनों नाश्ता कर ही रहे थे कि नेहांथ घर में आते हुए बोला , " क्वीनी.... " उसे देखकर स्वीटी के चेहरे पर एक बार फिर वही क्यूट स्माइल आ गई , और वो उठ कर उसके पास चली आई , खुशी ने भी एक बार उसे देखा पर फिर अपने हलवे पर फोकस कर लिया ।

स्वीटी नेहांथ के कान पकड़कर धीरे से बोली , " क्या हो गया है तुमको.... जब से खुशी को मेरे घर लाया है.... बड़ी जल्दी जल्दी मिलने आने लगा है मेरे से..... सच सच बताओ मामला क्या है..... प्यार व्यार तो नहीं करने लगा तुम उससे.... "

नेहांथ अपना कान छुड़ाते हुए , " क्वीनी पहले मेरा कान तो छोड़ो दर्द हो रहा है...... सस.... "

" पहले बताओ.... " स्वीटी ने कहा ।

" हां.... हां.... बता रहा हूं , पर प्लीज पहले कान तो छोड़ो... " नेहांथ बोला ।

स्वीटी उसका कान छोड़कर , " बोलो अब.... "

नेहांथ अपना कान सहलाते हुए , " आप गलत समझ रही हैं ! ऐसा कुछ भी नहीं है... "

" अच्छा..... बचपन से जानता है मैं तुमको....... नैनी बनकर पाला है मैंने तुमको और तुम्हारे उस छोटे भाई को.... तो तुम मेरे से झूठ बोलीच नहीं सकता , तुम्हारी रग रग से वाकिफ है मैं ...! "

स्वीटी ने कहा ।

अब कुछ नहीं हो सकता था , स्वीटी से कुछ भी छुपा पाना अब मुश्किल था , तो नेहांथ ने अपने मन की सारी बातें उन्हें बता दी ।

" अच्छा आईडिया लगाया है तुम उसको पटाने का.... अब जल्दी से अपने काम को अंजाम दो और उसको मेरा डॉटर-इन-लॉ बना दो...." स्वीटी ने खुश होकर कहा ।

खुशी का नाश्ता करके हो चुका था वो वहां से उठी और अपनी प्लेट लेकर किचन में चली गई । उसे जाता देखकर स्वीटी नेहांथ से बोली , " जाओ... जाओ.... यही अच्छा मौका है...! "

" हां.." बोलकर नेहांथ भी किचन की तरफ चला गया ।

और इधर स्वीटी भगवान से प्रार्थना करते हुए बोली , " गॉड.. इनकी जोड़ी जरूर बना देना...! "

नेहांथ किचन में गया तो देखा खुशी अपनी प्लेट साफ कर रही थी , वो धीरे से उसके साइड में जाकर खड़ा हो गया , और बोला , " हाए...! "

उसकी आवाज सुन खुशी ने भी उसकी तरफ देखा और एक छोटी सी मुस्कान के साथ हाय कहां ,

और अपना काम करने लगी ।

तभी नेहांथ ने एक पेपर निकाला और खुशी के आगे कर दिया , खुशी उसे देखकर , " ये क्या है..?? "

" एक बार पकड़ कर देखो तो सही...! " नेहांथ ने कहा ।

खुशी ने अपने हाथ धोए और उन्हें पोछकर , वो पेपर अपने हाथ में लिए उसे पढ़ने लगी , पढ़ते-पढ़ते उसके चेहरे के भाव बदलने लगे और वो हैरानी से नेहांथ की तरफ देख कर बोली , " पर्सनल असिस्टेंट की जॉब.... पर मैंने तो उसके लिए अप्लाई ही नहीं किया...! "

" जानता हूं , पर आप ये जॉब कर सकती हैं और देखिए आप ये बिल्कुल भी मत समझना कि मैं ये सब करके आप पर कोई एहसान कर रहा हुं , मुझे आप इसके के लिए क्वालिफाइड लगी , इसलिए मैंने ये जॉब आपको ऑफर की है..... " नेहांथ ने कहा ।

" लेकिन ! आप बिना इंटरव्यू लिए कैसे कह सकते हैं कि मैं जॉब के लिए क्वालिफाइड हूं.... आपको तो मेरे बारे में कुछ पता भी नहीं है. ..! " खुशी बोली ।

इस पर नेहांथ बोला , " आप कल इंटरव्यू देने खुराना कॉरपोरेशन में गई थी , पर दे नहीं पाई सही कह रहा हुं ना मैं...? और वो इसलिए हुआ क्योंकि आपकी फाइल गलती से उन फाइल में मिक्स हो गई थी , जो मैंने बुलवाई थी....! "

ये सुन खुशी हैरान थी कि , किस्मत कैसे उन दोनों को एक दूसरे के पास लाने के लिए क्या क्या कर रही है ।

नेहांथ आगे बोला , " मैंने आपकी वो फाइल आज सुबह ही देखी , और मुझे आप पर्सनल असिस्टेंट के तौर पर बिल्कुल परफेक्ट लगी.......! "

पर खुशी के चेहरे को देखकर साफ समझ आ रहा था कि वो उस जॉब के लिए मना करेगी , इससे पहले की वो मना करती नेहांथ ही बोल पड़ा , " कुछ भी डिसीजन लेने से पहले एक बार अच्छे से सोच लेना ...."

फिर उसने अपनी जेब से एक कार्ड निकाला और खुशी को देते हुए बोला , " ये मेरा कार्ड है. ... अगर आपको लगे कि ये जॉब आपको करना चाहिए... तो इसमें लिखे एड्रेस पर आ जाना...." कहकर वो वहां से चला गया ।

और खुशी उस कार्ड को ही देखती रह गई ।

5

दोपहर के 12:00 बजे....

खुशी तैयार होकर अपना बैग लिए कही जा रही थी ।
" कहां जा रहा है तुम.... " वहीं सोफे पर बैठी स्वीटी ने उससे पूछा ।
" स्वीटी वो , मै किसी काम से बाहर जा रही हूं ! शाम तक वापस आ जाऊंगी.... आप अपना ख्याल रखना.... ओके बाय...! " कहकर वो घर से बाहर चली गई ।
इधर स्वीटी अपने आपसे बोली, " शायद नेहांथ के पास ही जा रहा है. ..!! "

खुशी घर से थोड़ा आगे आई और उससे ऑटो भी मिल गई , उसमे बैठ कर उसने , नेहांथ के दिए कार्ड में लिखा एड्रेस Driver को बताया और निकल गई नेहांथ से मिलने , पर उसका मन शांत नहीं था , वो अपने आप से ही मन में कहे जा रही थी , " मैं ठीक तो कर रही हूं ना , इससे उन्हें कुछ होगा तो नहीं ना , नहीं होगा , कैसे होगा , मैं तो बस वहां अपनी जॉब करने जा रही हूं , सिर्फ अपनी जॉब पर ही ध्यान दूंगी ...... मुझे ये जॉब करनी ही होगी , ऐसे खाली हाथ वापस गांव की तो नहीं जा सकती ना , इतना कुछ किया है पापा ने मेरे लिए , अब मुझे भी उन्हें थोड़ी सी ही सही , खुशी तो देनी होगी.... "
थोड़ी ही देर में वो नेहांथ के ऑफिस के सामने खड़ी थी ।

****

नेहांथ का केबिन.....

नेहांथ अपने केबिन में बैठे बस यही सोच रहा था , कि खुशी आएगी या नहीं.....

तभी उसे मेहुल का कॉल आया , नेहांथ के कॉल पिक करते ही उधर से आवाज आई , " भाभी आई.... वो मान गई...... कौन सी जॉब दी है आपने उन्हें....... कोई ऐसी जॉब देना जिससे वो आपके आस-पास ही रहे..... हेलो भाई....... आप सुन रहे हो ना...... कुछ बोलो तो सही.....! " मेहुल ने एक के बाद एक सवालों की झड़ी लगा दी ।

" अरे तू बोलने देगा तो बोलूंगा ना , खुद ही बोले जा रहा है , और एक तो , मुझे लग रहा है कि खुशी नही आएगी , वो तो क्वीनी के घर ही मना करने वाली थी , पर मैंने जबरदस्ती उसके हाथ में अपना कार्ड पकड़ा दिया , पता नहीं अब वो आती है या नहीं ।"

वो बोल ही रहा था कि उसके केबिन में एक पियुन आया और उससे बोला , " सर आपसे कोई खुशी शर्मा नाम की लड़की मिलने आई है , मैं उन्हें यही भेज दूं...? "

ये सुन नेहांथ खुश होकर बोला , " आ गई वो ....?.... ह..... हां उन्हें भेज दो....."

ये सब मेहुल ने भी phone की उस तरफ से सुन लिया था , वो बोला , " भैया आ गई भाभी...? "

नेहांथ जल्दी में , " हां... आ गई... अब तु फोन रख.... मैं बाद में बात करता हूं तुझसे.... " कहते हुए उसने फोन काट दिया ।

और बेसब्री से खुशी के आने का इंतजार करने लगा , उसका पूरा ध्यान सामने केबिन के दरवाजे पर ही था , वो मन में अपने आप से बोला , " है इंतजार अब तेरे आने का , फिर अपने चेहरे को तेरे दिल में बसाने का....... तुम तो रहती हो मेरे दिल में , बस अब इंतजार है तुम्हें अपना बनाने का......"

तभी दरवाजा खुला और गहरे नीले रंग का सूट पहने खुशी अपनी पलकें नीचे किए अंदर आई ।उसे देखते ही नेहांथ तो अपनी जगह से खड़ा हो

गया ।

और खुशी को सामने रखी चेयर की तरफ इशारा करके बोला , " बैठो. .! "

तो उसकी बात सुन खुशी बैठ गई , नेहांथ भी अपनी कुर्सी पर बैठ गया , और खुशी के कुछ कहने का इंतजार करने लगा । खुशी को भी समझ नहीं आ रहा था कि अपनी बात कैसे शुरू करें ।

लगभग 5 मिनट तक उस केबिन में वैसे ही शांति बनी रही , पर नेहांथ को ये खामोशी बड़ी अच्छी लग रही थी , वो बस एकटक खुशी को प्यार से देखे जा रहा था , और खुशी अपने में ही उलझी हुई थी , फिर जब उसने कुछ कहने के लिए अपना सर उठाकर नेहांथ को देखा , तो नेहांथ ने झट से अपना फोन उठाया और ऐसे ही उसे कान से लगाकर बोला , " अ..... हेलो....! "
नेहांथ को ऐसे अजीब बिहेव करते देख, खुशी अपनी पलकें झपकाते हुए उसे देखने लगी ।
तभी नेहांथ के फोन पर मेहुल का कॉल आ गया , रिंगटोन की आवाज सुन नेहाथ हड़बड़ा गया और उसका फोन हाथ से छुटते-छुटते बचा , फिर वो फोन की स्क्रीन को गुस्से से देखते हुए मन में बोला , " मुझे पता था , मेरा खुद का ही सगा भाई मेरे प्यार का दुश्मन बनेगा....! "

पर खुशी ने इन सब चीजों को इग्नोर कर दिया और नेहांथ से बोली, " मैंने बहुत सोचा और मुझे लगता है कि ये जोब मुझे करनी चाहिए....! "
ये सुन नेहांथ के मन में लड्डू फूटने लगे , पर उसने अपने आप को नार्मल किया और खुशी से बोला, " ठीक है तो आप आ जाना कल मेरे घर , 8:00 बजे... "
" जी..! आ ....आपके घर.... " खुशी चौक कर बोली ।

इस पर नेहांथ ने कहा , " पर्सनल असिस्टेंट है आप मेरी तो ! ऐसे में आपकी जॉब तो मेरे घर से स्टार्ट हो जाएगी...! "
ये सुन खुशी ने कुछ सोचते हुए हां में अपना सर हिला दिया ।

****

अगले दिन सुबह 8:00 बजे.....

खुशी उसके घर पहुंच गई , अंदर आते ही उसे मेहुल मिल गया ।

" हाय भा....." मेहुल गलती से खुशी को उसी के सामने भाभी कहने वाला था , पर फिर वो अपनी गलती सही करते हुए बोला , " बा...हर क्यों खड़ी हो अंदर आओ ना...! "

" हाय...! " उसने भी कहा ।

वो झिझक रही थी और ऐसा हो भी क्यों न पहली मुलाकात में ही , मेहुल ने उसे इतना डरा दिया था ।

उसके बाद मेहुल ने खुशी को वही रखे सोफे पर बैठने को कहा और वो खुद भी वही दूसरे सोफे पर बैठ गया , फिर वही काम कर रहे नौकर से , " बिरजू जाओ..... खुशी के लिए पानी लेकर आओ.... "

तो बिरजू ने हां में सर हिलाया और चला गया ।

मेहुल खुशी से , " आए एम सॉरी , मैंने उस दिन आपको इतना परेशान किया , वो एक्चुअली ड्रिंक करने के बाद मैं ऐसी कुछ भी करता हूं. ...."

" नो , इट्स ओके....! " खुशी ने कहा ।

" अ.... नेहांथ सर कहा है....? " खुशी ने पूछा ।

तभी बिरजु पानी लेकर आ गया , खुशी ने पानी लिया और बोली, " थैंक्यू.....! "

फिर वो पानी पीने लगी , तभी मेहुल एकदम से बोला , " आप मेरे भाई से प्यार करती हो.... "

ये सुन खुशी के मुंह से पानी बाहर निकल आया , ये देखकर मेहुल अपनी आंखें चमकाते हुए बोला , " मतलब आप भी भाई से प्यार करती हो.... ये तो भाई को बताना होगा. .. "

कह कर वो ऊपर की तरफ भागने लगा ।

" अरे... ये.... ऐसा कुछ नहीं है..... मेहुल मेरी बात तो.... मेहुल......! "

कहती हुई वो भी उसके पीछे भागी ।

मेहुल सीधे भागता हुआ नेहांथ के रूम में घुस गया , नेहांथ अभी थोड़ी देर पहले ही नहा कर आया था और शर्ट पहनने के लिए उसने जस्ट शर्ट उठाई ही थी ।

मेहुल कुछ कहता , इससे पहले खुशी भी उसके पीछे दौड़ती हुई वहां आ गई , पर इससे पहले वो मेहुल से कुछ कहती उसकी नजर टॉपलेस नेहांथ पर चली गई , उसे ऐसा देखकर खुशी ने अपनी आंखें कसकर बंद कर ली और बोली , " sorry.....I am sorry. ....I am really sorry...."

कह कर वो आंखे बंद किए ही पीछे मुड़ी और जाने लगी , पर दरवाजे की चौखट से टकरा गई और उसके मुंह से निकला , " आउच.... "

पर फिर और देर वहां ना रहकर वो जल्दी से वहां से चली गई ।

और इधर मेहुल का हंस हंस कर बुरा हाल था , वो अपना पेट पकड़े बेड पर लोटपोट हुए जा रहा था ।

नेहांथ ने गुस्से से अपनी शर्ट उस पर फेंक कर बोला, " उसे चोट लग गई और तू हंस रहा है..! "

मेहुल हंसते हुए, " हाहा.... तो मै.... क्या करूं...... सीन इतना मजेदार था.....हह....आ.... भाई... हंस-हंसकर मेरा पेट दर्द हो गया.....आ........हाहा....."

कहते हुए उसने अपना पेट पकड़ लिया ।

" हंसना बंद कर और बता , ऐसा क्या कहा था तूने उससे कि वो तुझे रोकने यहां ऊपर तक आ गई. ...? " नेहांथ में पूछा , तो मेहुल ने नीचे जो भी हुआ , वो सब उसे बता दिया , इस पर नेहांथ भढ़क कर बोला , " मेहुल इसीलिए नहीं बता रहा था मैं तुझे........ क्या जरूरत थी ये सब पूछने की..?! " कहते हुए उसने 1 पिलो उठाकर उस पर फेंक दिया ।

और उधर नीचे खुशी बहुत embarrassing फील कर रही थी , उसका मन कर रहा था वो अभी तुरंत यहां से भाग जाए ।

थोड़ी देर बाद नेहांथ तैयार होकर नीचे आया , खुशी उसे देखकर अपनी जगह पर खड़ी हो गई पर शर्म के मारे वो नेहांथ की तरफ देख भी नहीं पा

रही थी ।

ये देख नेहांथ ने तिखी नजरों से मेहुल को देखा , तो मेहुल ने भी अपने कान पकड़कर इशारे से सॉरी कहा ।

तभी वहां नेहांथ का मैनेजर सुमित आ गया , उसके आते ही नेहांथ उसे खुशी से इंट्रोड्यूस कराते हुए बोला , " खुशी ये मेरा Manager ने सुमित.......! ये तुम्हे आज की सारी मीटिंग्स और बाकी चीजों के बारे में बता देगा , और अगर तुम्हें बाकी और कोई भी डाउट हो तो तुम इससे पूछ सकती हो...! "

जवाब में खुशी ने हां में सिर हिलाते हुए कहा ," जी...! "

बस फिर ऐसे ही कुछ दिन बीत गए , नेहांथ बहुत खुश था , खुशी का साथ एक पर्सनल असिस्टेंट के रूप में पाकर ।

पर खुशी बहुत मुश्किल से अपने आप को संभाल पा रही थी , वो बिल्कुल भी नहीं चाहती थी कि किसी को भी ये पता चले कि वो उससे प्यार करती है , पर वो कहां जानती थी , कि नेहांथ ये पहले से ही जानता है , वो तो बस सही मौके का इंतजार कर रहा था , और आखिर उसे वो दिन मिल ही गया ।

आज वो खुशी को प्रपोज करने वाला था , जिसका सारा इंतजाम मेहुल ने उसी के घर के गार्डन में कर दिया था ।

रात के 9:00 बजने वाले थे और , खुशी और नेहांथ ऑफिस में ही काम कर रहे थे , या यूं भी कहा जा सकता है कि नेहांथ ने उसे जानबूझकर रोक कर रखा था ।

नेहांथ अपनी चेयर से उठा और खुशी से थोड़ी दूर जाकर मेहुल को कॉल कर दिया , मेहुल फोन उठाकर , " हेलो भाई !"

" सब हो गया ना...! " नेहांथ ने पूछा ।

" हां... हां.... सब हो गया है , मैंने और क्वीनी ने सब रेडी रखा है , बस आप आ जाओ भाभी को लेकर....! " मेहुल ने कहा ।

" हां ...... मेहुल मुझे बहुत डर लग रहा है , वो हां तो करेगी ना...! " नेहांथ में टेंस होकर कहा ।

इस पर मेहुल बोला , " अरे क्यों हां नहीं बोलेगी.... बोलना ही पड़ेगा....

इतने हैंडसम लड़के के बड़े भाई को कोई मना कर सकता है क्या..... "

ये सुन नेहांथ को हंसी आ गई और मेहुल भी हंसने लगा ।

" तो अब आप निकलने वाले हो ना..... मैं कह दूं क्वीनी को...? " मेहुल ने पूछा ।

" हां..... " नेहांथ ने कहा और खुशी के सामने टेबल की दूसरी तरफ आकर चेयर पर बैठ गया ।

खुशी का ध्यान पूरा काम करने में था , और नेहांथ का , ऑविअसली उस पर....! "

तभी खुशी के फोन पर स्वीटी का कॉल आया , उसने कॉल पिक की और Phone को अपने कान से लगा लिया ।

उधर से स्वीटी की आवाज आई , " खुशी...! "

" जी स्वीटी....." खुशी ने कहा ।

उधर स्वीटी भूल गई कि आगे क्या कहना है , उन्होंने फोन पर हाथ रखा और अपने साइड में खड़े मेहुल से फुसफुसाते हुए पूछा , " क्या बोलूं.?? "

मेहुल भी धीरे रो , " अरे बोलो कि वो आज घर नहीं आ सकती. .! "

" क्या बोल रहा है तुम..?! " स्वीटी ने फिर उसी tone में मेहुल से कहा ।

" अरे कुछ भी बोलो...! जल्दी बोलो......! " कहते हुए उसने उनका हाथ पकड़ फोन उनके कान से लगा दिया ।

" हां मैं ये बोल रहा था...! " स्वीटी खुशी से बोली...

" बोलिए ना स्वीटी...! " खुशी ने कहा ।

तो स्वीटी फिर मेहुल से इशारा करके पूछने लगी कि , क्या बोले , फिर उन्हीं के दिमाग में कुछ आया और उन्होंने झट से कहा , " खुशी ...... तुमको याद है मैंने तुम्हें अपनी एक फ्रेंड के बारे में बताया था , डेज़ी.... यादें हैं......! "

" हां आपने बताया था , वो अकेली रहती है.... " खुशी ने कहा ।

" हां...... तो क्या है उसको ना फीवर आ गया है..... और जैसे कि तुम जानता है वो अकेला है. .... उसके पास कोई नहीं है उसका देखभाल करने के लिए....... तो मैं उसी के घर है...... मैं तुमको बताना भूल गया सॉरी

हां....! " स्वीटी ने कहा ।

तो खुशी छोटी सी मुस्कान के साथ बोली , " कोई बात नहीं स्वीटी...! "

" अरे बात तो है ना...... एक्चुअली मैं ना घर लॉक करके आ गई , और उसका चाबी भी मेरे पास ही है.... "

कहते हुए स्वीटी ने मेहुल को देखा , तो मेहुल ने धीरे से कहा , " अरे आप का तो जवाब नहीं मेरी क्वीनी. ..! "

स्वीटी आगे बोली , " तो क्या तुम आज के दिन नेहांथ के घर रह लेगा ..... " ये सुन खुशी का मुंह उतर गया और वह बोली , " पर स्वीटी मैं कैसे......"

खुशी बोल ही रही थी कि स्वीटी उसे टोकते हुए बोली , " अरे ! तुम टेंशन मत लो ..... मै हुं ना , नेहांथ तुम्हारे आसपास है क्या फोन दो उसको.... "

ये सुन खुशी ने नेहांथ को फोन दे दिया , " हेलो....! " नेहांथ ने कहा ।

" हम्म....मम... मन में का बड़े लड्डू फूट रहे होंगे नहीं , चल मना लिया मैंने तेरा खुशी को.... अब बस फोन कट करके तुझे उससे , चलो खुशी , बोलना है वो आ जाएगा तेरे साथ ....! " स्वीटी ने कहा ।

" ओके क्वीनी... हां.... " बोल कर नेहांथ ने फोन कट कर दिया और उसे खुशी को देते हुए बोला , " तो चले खुशी ! बाकी काम कर कर लेंगे... " कहते हुए वो खड़ा हो गया , खुशी भी हां कहते हुए खड़ी हुई , अपना पर्स उठाया और दोनों साथ में नीचे आ गए , फिर नेहांथ ने खुशी के लिए दरवाजा खोला , खुशी कार में बैठी , नेहांथ कार की ड्राइविंग सीट पर बैठा और चल दिए वो लोग घर की तरफ ।

नेहांथ बाहर का मौसम देखते हुए मन मे बोला , " अरे वाह, लगता है किस्मत भी आज मेरे साथ है , कितना अच्छा मौसम है बहार , ठंडी हवाएं , बारिश का मौसम , एकदम रोमांटिक...... आज खुशी को हां कहना ही होगा...! "

नेहांथ की कार घर पहुंची , उसने उसे पार्क किया ।

और वो दोनों अंदर आ गए , नेहांथ ने एक सर्वेंट से कह कहकर खुशी को गेस्ट रूम में ले जाने को कहा ।

जब खुशी उस रूम में चली गई तो नेहांथ सीधे गार्डन में चला गया , वहां जाते ही उसे स्वीटी और मेहुल दिख गए ।

उसने एक बार फिर उनसे कंफर्म किया , " सब रेडी है ना...! "

" हां... हां..... सब रेडी है..... तू बस बुला उसको.... हम दोनों यहीं पास में छुप जाते हैं... " स्वीटी ने कहा और वो दोनों वहीं पास में बने एक छोटे से कमरे में चले गए और उसकी खिड़की से बाहर देखने लगे ।

खुशी गेस्ट रूम में थी , तभी नेहांथ ने उसे कॉल करके जल्दी से नीचे गार्डन में आने को कहा । खुशी हड़बड़ाती हुई गार्डन में पहुंची ।

वहां बिल्कुल काला अंधेरा था , उसने नेहांथ को आवाज लगाई ।

" नेहांथ सर ...... नेहांथ सर...... कहां है आप.... नेहा..... " वो बोल ही रही थी कि तभी उस गार्डन में चारों और खूबसूरत फैरी लाइट्स जल गई , वो ये सब अभी समझने की कोशिश कर ही रही थी कि उसे पीछे से आवाज आई , " खुशी...! "

आवाज सुन वो पीछे मुड़ी , पीछे नेहांथ खड़ा था ।

तभी नेहांथ ने प्यारी सी मुस्कान के साथ कहना शुरू किया , " तुम्हें पहली बार देखकर जैसे जम गया था मैं , फिर तुम्हारी मेरे साथ चलने के लिए हां सन कर फूल सा खिल गया था मैं, तुम बहुत खूबसूरत हो.... तुम्हें जहान भर की हर खुशी देना चाहता हूं मैं..... बदले में बस तुम्हारी इस ठंडी परछाई का हरदम साथ चाहता हूं मैं...... बहुत हिम्मत करके आज ये कह रहा हूं कि..... तुमसे बहुत प्यार करता हूं मैं......"

कहते हुए वो अपने घुटनों पर बैठ गया और अपनी जेब से एक रिंग निकाल ली , फिर खुशी के जवाब का इंतजार करने लगा ।

ये जानकर की नेहांथ भी उससे प्यार करता है , खुशी के चेहरे पर भी मुस्कान आ गई , और उसने अपना हाथ आगे बढ़ा दिया , ये देखकर

नेहांथ के दिल में तो तितलियां उड़ने लगी ।

पर जैसे ही वो खुशी को रिंग पहनाने वाला था , जोर से बादल गरजे और खुशी की मुस्कान तुरंत फिकी हो गई , वो खुद से बोली , " नहीं.... मैं ऐसा नहीं कर सकती..... मैं नेहांथ की भी जान खतरे में नहीं डाल सकती. ..! " सोचते हुए उसने अपना हाथ पीछे खींच लिया ।
ये देख नेहांथ खड़ा हो गया और उसने पूछा , " क्या हुआ खुशी.....?? "

खुशी अब बस रोने वाली थी उसने अपने आप को संभाला और बोली , " मैं.... आपसे प्यार नहीं करती...., नहीं करती...... मैं आपसे प्यार... " कहते हुए वो अपने कदम पीछे लेने लगी ।

" ये क्या कह रही हो... खुशी प्लीज ! ऐसा मजाक मत करो ! " नेहांथ रूआसा होकर बोला ।
खुशी अपने आंसू छुपाते हुए , " नहीं करती मैं आपसे प्यार .... नहीं करती.... और ना ही मैं कोई मजाक कर रही हूं...... प्लीज आप मुझे अकेला छोड़ दो..... और आप भी मेरे बारे में ये सब सोचना बंद कर दीजिए. ..! " कहते हुए खुशी पीछे मुड़ी और जाने लगी , तो नेहांथ ने उसका हाथ पकड़ लिया और उससे बोला , " मुझे पता है खुशी तुम भी मुझसे प्यार करती हो...... तो फिर तुम झूठ क्यों कह रही हो....! "

अब खुशी अपनी आंखों में डबडबा रहे आंसू नहीं रोक पाई और रोने लगी , पर एक बार फिर उसने अपने आप को संभाला और वैसे ही नेहांथ की तरफ पीठ किए बोली , " मैं झूठ नहीं बोल रही हूं.... और आप ऐसे मुझ पर अपने फैसले नहीं थोप सकते..... मैं अगर बोल रही हूं कि मैं आपसे प्यार नहीं करती , तो ये सच ही हुआ ना.... आप..... आप मुझे..... प्रेशराइज नहीं कर सकते हां बोलने के लिए ... "

अब हवाएं और तेज हो गई थी , और बारिश बस आने ही वाली थी ।
खुशी की बात सुन नेहांथ बोला , " खुशी प्लीज....., " उसका गला भर

आया था ।

तभी खुशी ने झटके से अपना हाथ छुड़ाया और दौड़ती हुई घर में चली गई , उसके जाते ही बारिश भी आ गई , और नेहांथ अपनी आंखों में आंसू लिए वही खड़ा रहा , बारिश की बूंदों में क्या पानी और क्या आसु , सभी एक साथ मिलकर उसे भीगा रहे थे।

तभी मेहुल और स्वीटी उसके पास छाता लेकर आए ।

" भाई..... भाई...." मेहुल उसे हिलाते हुए बोला ।

पर नेहांथ बस एकटक उसी ओर देखे जा रहा था , जहां से खुशी गई थी ।

" एकदम से क्या हो गया खुशी को , उसने तो अपना हाथ भी आगे बढ़ा दिया था ना रिंग पहनाने के लिए , फिर ऐसे मना करके क्यों भाग गया...... ? " स्वीटी ने कहा ।

तो मेहुल बोला , " यही तो मुझे भी समझ नहीं आ रहा है क्वीनी, कि अचानक से हुआ क्या. ..! "

उधर खुशी दौड़ती हुई , गेस्ट रूम में गई और उसका दरवाजा बंद कर , रोते हुए नीचे बैठ गई ।

" नेहांथ भी हमसे प्यार करते हैं........! मैंने कभी चाहा था ये सब...? नहीं ना..... मैं तो ये भी नहीं चाहती थी कि नेहांथ कभी मेरे सामने आए...... मुझे समझ नहीं आ रहा है ये किस्मत आखिर चाहती क्या मुझसे..... "

फिर बाहर होती बारिश तो खिड़की से देखते हुए , " जिस तरह मैं कभी इन बूंदों को नहीं छु सकती , बिल्कुल उसी तरह कभी अपनी खुशियों को भी महसूस नहीं कर पाऊंगी... जानती हूं मैं... तो फिर क्यों इन खुशियों का लालच देती हो मुझे....,. ताकि बाद में मुझसे वो सब छीन सको..... मत करो प्लीज...... मत करो मेरे साथ ऐसा...... प्लीज.....! "

कहते हो फफक कर रो पड़ी ।

और इधर नेहांथ को समझ नहीं आ रहा था कि खुशी ने उसे ये क्यों कहा कि उससे प्यार नहीं करती है , वो अपने कमरे में बैठा यही सब सोच रहा था , तभी वो खुद से बोला , " मैं इसके पीछे की असल वजह जरूर ढूंढ

कर निकाल लूंगा खुशी...... और फिर तुम्हें ये कहना ही होगा , कि तुम मुझसे प्यार करती हूं...! "

****

अगली सुबह खुशी की नींद खुली तो पाया कि वो नीचे ही सो रही थी । कल रात कब उसे नींद आ गई उसे याद ही नहीं था , उसने कमरे का दरवाजा खोला और बाहर आ गई , " अब मैं कैसे सामना करूंगी उनका...... कैसे होंगे वो......कितना बुरा लगा होगा उन्हें......."
यही सब सोचते हुए वो नीचे आई , तभी उसने नेहांथ की आवाज सुनी, " खुशी यहां आओ , देखो मैंने तुम्हारे लिए स्पेशल नाश्ता बनवाया है.... "
खुशी हैरान थी ये देखकर कि नेहांथ तो बिल्कुल नॉर्मल है , नॉर्मल क्या वो तो और ज्यादा , खुश और एनर्जेटिक लग रहा था ,।
खुशी को वहीं खड़ा देखकर नेहांथ उससे बोला , " खुशी कम ना...."
पर खुशी अभी भी वही खड़ी थी , तो नेहांथ खुद उसके पास गया , उसका हाथ पकड़ा और उसे डाइनिंग टेबल के पास ले आया , फिर उसे चेयर पर बैठाते हुए बोला, " बैठो.....! "
फिर बिरजू से कह कर उसने उसकी प्लेट में नाश्ता परोसा फिर नेहांथ खुशी से बोला , " खुशी तुम्हारे कपड़े भी यही बुलवा लिए हैं , तुम्हारे रूम में रखे हैं , तो तुम जल्दी से नाश्ता कर लो , फिर तैयार होकर नीचे , आ जाओ , आज हम दोनो साथ में ही ऑफिस चलते हैं....! "

इतना कहकर वो अपने रूम में चला गया , खुशी को कुछ समझ नहीं आ रहा था कि आखिर क्या हो रहा है ये सब , हां वो चाहती थी कि नेहांथ हमेशा खुश रहे , पर ये उसकी खुशी नहीं थी , उसे ऐसा देखकर ये लग रहा था कि वो अपने अंदर के दर्द को छुपाने की कोशिश कर रहा है , और ये बात खुशी के दिल में किसी कांटे की तरह चुभ रही थी ।

थोड़ी देर बाद वो तैयार होकर नीचे आई , तो दिखा नेहांथ उसी का इंतजार कर रहा था , वो उसके साथ कार में बैठी और वो दोनों ऑफिस की

तरफ चले गए , वो थोड़े ही आगे गए थे कि , ऑफिस के व्हाट्सएप ग्रुप में एकदम से बहुत सारे मैसेजेस आने लगे , खुशी ने अपना फोन ओपन किया तो देखा लगभग 200 से ज्यादा मैसेजेस आ चुके थे , और अभी भी आए जा रहे थे , उसने उस ग्रुप पर क्लिक किया तो वो ये देखकर हैरान हो गई की किसी ने खुशी के बनाए हुए स्केच की फोटो ग्रुप पर शेयर की हुई थी , और उसके जवाब में सब एक के बाद एक मैसेज किए जा रहे थे , खुशी ने उस नाम को पढ़ा जिसने वो फोटो शेयर की थी , वहां नेहांथ का नाम था , ये तो ठीक ही था , पर साथ में ये भी लिखा हुआ था कि ये स्केच खुशी ने बनाया है ।

अब खुशी ये सोच कर हैरान थी कि , उस स्केच को तो उसने फेंक दिया था , तो ये नेहांथ के पास कैसे पहुंचा । वो उससे पूछना चाहती थी पर इतनी हिम्मत जुटा नहीं पाई , वो दोनों ऑफिस पहुंचे , खुशी को अंदर जाने में भी अजीब लग रहा था , वो मन में खुद से बोली , " अब तक तो पुरे ऑफिस को पता चल गया होगा , इस स्केच के बारे में , आखिर नेहांथ को ये मिला कहां से और मिला तो मिला क्या जरूरत थी उसे पूरी ऑफिस को बताने की. ....! नेहांथ आखिर करना क्या चाहते हैं.....! "

वो ये सब सोचने लगी थी , की जब तक नेहांथ अंदर चला गया ।
" नेहांथ चले गए अंदर , मुझे भी जाना होगा....! " कहकर उसने एक लंबी सांस ली और अंदर चली गई ।
उसके अंदर जाते ही सारे एंप्लाइज उसे किसी सेलिब्रिटी की तरह घेर कर खड़े हो गए , और उन सब ने ढेर सारे अजीब सवालों कि उस पर बारिश ही कर दी ।
" खुशी तुमने कैसे बनाएं इतना अच्छा स्केच....?? "
" हां सर तो पहले से ही इतने हैंडसम है और इस स्केच में तो कुछ ज्यादा ही......"
तभी एक लड़का उसे बीच में टोकते हुए खुशी से बोला , " और ये नीचे सपनों का राजकुमार क्यों लिखा हुआ है....? "
ये सुनते ही सब अपने फोन में वो फोटो और एक बार चेक करने लगे ।

खुशी का चेहरा सफेद पड़ चुका था ।

उस फोटो को एक बार फिर देखने के बाद , अब सबके सवाल कुछ ऐसे थे ,

" खुशी तुम उनसे प्यार करती हो....?? "

एक खूबसूरत लड़की आगे आते हुए " अरे सर से तो ऑफिस की सारी लड़कियां प्यार करती है , ये सब करके तुम सर को पटा नहीं सकती हो. ....OK "

तभी किसी और ने कहा , " अरे ! पर तुमने ध्यान नहीं दिया इस स्केच को सर ने खुद हम सब के साथ शेयर किया है , मींस.... नेहांथ सर , इस आल्सो इन लव विद हर...... "

जितने लोग उतनी बातें , पर खुशी को अब समझ नहीं आ रहा था कि वो उन सब को क्या जवाब दें ।

इस स्केच को देखकर तो कोई भी उसके दिल की बात आसानी से समझ सकता था , तो झूठ बोलने का अब कोई फायदा नहीं बचा था ।

तभी अंदर से मेहुल की आवाज आई ," guys ! अटेंशन प्लीज.... "

सभी ने मुड़कर देखा तो मेहुल एक दीवार के सामने खड़ा था , उस दीवार पर पहले नेहांथ की एक बड़ी सी तस्वीर हुआ करती थी , पर वहां अब लाल रंग का बड़ा सा पर्दा था ।

सभी एक दूसरे से बातें कर रहे थे , कि ये पर्दा क्यों लगा रखा है ।

खुशी सबसे पीछे खड़ी थी , मेहुल भीड़ में से झाकते हुए उससे बोला , " खुशी प्लीज सामने आओ.....! "

उसका नाम सुन सब पलट कर खुशी को देखने लगे , खुशी आगे बढ़ी तो सबने सबने उसके लिए रास्ता बना दिया , खुशी जब मेहुल के सामने पहुंची , तो मेहुल उससे बोला , " ये पर्दा हटाओ. ...! "

मेहुल के कहने पर खुशी ने झिझकते हुए वो पर्दा हटा दिया ।

पर्दा हटते ही , सब ने जो देखा उसे देखकर कुछ खुश हुए , तो कुछ जल भून गए ।

और खुशी उसकी आंखों से तो , खुशी के आंसू टपक गए ।

सब ने उस दीवार पर एक बड़ी सी फ्रेम में वही स्केच देखा , उसमें नीचे खुशी के लिखा हुआ सपनों का राजकुमार के नीचे , आई लव यू खुशी लिखा हुआ था ......

खुशी नम आंखों से उसे निहारे जा रही थी , तभी मेहुल बोला , " इससे अच्छा प्रपोजल शायद ही किसी लड़की को मिला होगा , अब तो मान जाओ कि आप भी प्यार करते हो भाई से..... भाभी..... "

" कहां है नेहांथ .....? " खुशी ने पूछा ।

तो मेहुल ने केबिन की तरफ इशारा कर दिया , खुशी जल्दी से अंदर गई , नेहांथ अपनी चेयर पर दरवाजे की तरफ पीठ किए बैठा था , खुशी सिसकते हुए उससे बोली , " कहां से मिला आपको ये स्केच....?"

नेहांथ उसकी तरफ मुड़कर , " तुम्हारी फाईल से ....! "

" पर उसमें कैसे हो सकता है. ....?! " खुशी ने पूछा ।

" अब ये तो तुम ही जानो......! " नेहांथ ने मुस्कुराते हुए कहा ।

खुशी ने याद किया वो टाइम , जब उसने किसी दूसरी पेपर को स्केच समझ कर फेंक दिया था , वो खुद से बोली , " मैं..... इतनी बड़ी गलती कैसे कर सकती हूं..... "

नेहांथ हंसते हुए , खुशी के पास आया और उससे बोला , " गलती तो तुमने कर दी है खुशी..... और ये मुझे अभी नहीं मिला है इसे तो मैंने तुम्हें जॉब का proposal देने से पहले ही देख लिया था.... "

खुशी अपने अपने आसु पोछकर , " आप चाहते क्या है...... "

नेहांथ उसके करीब आकर , " यही..... कि तुम मुझे बताओ , तुम मुझसे दूर दूर क्यो रहती हो , क्यों तुमने कल रात ये कहा कि तुम मुझसे प्यार नहीं करती , और तुमने मुझे बिना देखे मेरा स्केच कैसे बना लिया , और वो तीन शब्द जो उस स्केच के नीचे लिखे हैं , वो क्या है.... "

ये सुन खुशी वही रखे काउच पर बैठी और नेहांथ को भी साथ बैठने को कहा , फिर उसने उस सपने से लेकर श्वेता के एक्सीडेंट तक सारी बातें उसे बता दी ।

सब कुछ सुनने के बाद नेहांथ उसके सिर पर मारते हुए बोला , " सच में स्टूपिड हो तुम पूरी..... ऐसा कभी नहीं होता है.... ये किस्मत ऐंड ऑल ,

तुम्हारी वजह से किसी को कुछ नहीं हो रहा है खुशी , अब जो होना है वो तो होगा ही , अगर तुम अब उन सब का जिम्मेदार खुद को मान लोगी तो , ये ठीक होगा खुशी ? , नही ना , तो निकाल दो इस बात को अपने दिमाग से कि तुम्हारी वजह से तुम्हारे आसपास रह रहे लोगों की जान खतरे में आ जाती है , ओके..... "

तो खुशी ने कहा , " अच्छा ठीक है , मान लिया कि मेरे कारण कुछ नहीं होता..... पर वो सपना वो तो सच है ना , मैं सच में बारिश की बूंदों को कभी नहीं छुपाई , और कभी कोशिश करती भी हूं तो बारिश ही बंद हो जाती है.... नेहांथ मेरा नाम खुशी है , पर मैं हूं उसके एकदम उलट , मैं ना खुद खुश रह सकती हूं , और ना ही बाकियों को........ "

" चुप.... एक दम चुप.... फिर कभी तुमने ऐसा कहा कि तुम सभी को दुख देती हो तो मै तुम्हें...... " कहते-कहते वो रुक गया और फिर सामने देख कर बोला , " अब तुम सोच लो क्या करूंगा मैं फिर..... और तुम्हारी फ्रेंड बिल्कुल सही कहती है , तुम्हारा बारिश को ना छु पाना , बस कोइंसिडेंस है ... "

ये सुन खुशी ने कुछ कहने के लिए अपने होंठ हिलाए , तो नेहांथ उसे रोकते हुए बोला , " पता है मुझे अब तुम बोलोगी कि कोइंसिडेंस बार-बार नहीं होते , पर कई बार होता है ऐसा , और रही बात उस सपने की तो उसमें सब कुछ झूठ था , सिवाय मेरे , क्योंकि मैं तो तुम्हारे सामने हूं ना....."

कहते हुए उसने उसके गाल थपथपा दिए , फिर उसके आंसू पूछते हुए बोला , " अब नो मोर आसु , ओन्ली ये प्यारी सी मीठी सी स्माइल...... "
कह कर उसने अपनी उंगलियों से उसके होंठ फैला दिए तो खुशी ने स्माइल कर दी , फिर नेहांथ अपनी बात पूरी करते हुए बोला , " because I want this sweat smile of yours to cure me of diabetes...... "
" क्या कुछ भी......." कहते हुए खुशी हंसने लगी ।

7

एक हफ्ते बाद........

नेहांथ और खुशी एक मॉल में शॉपिंग कर रहे हैं ।
नेहांथ एक पिंक कलर की साड़ी खुशी को दिखाते हुए , " खुशी..... ये वाली साड़ी कैसी है. ... "
" बहुत अच्छी है..... " खुशी मुस्कुराते हुए बोली ।
इस पर नेहांथ का मुंह बन गया और वो नाराज होते हुए बोला , " क्या खुशी , मैं जो साड़ी उठाकर तुम्हें पूछता हूं तुम उसे अच्छी बता देती हूं....! "

" तो इसमे गलत क्या है , मुझे अच्छी लगती है इसलिए मैं उसे अच्छी कहती हूं..... " खुशी मासूमियत से बोली ।
" एक बात बताओ तुम , तुम्हारी अपनी कोई चॉइस नहीं है क्या...?? " नेहांथ ने पूछा ।
" मैंने कभी अपनी पसंद और नापसंद के बारे में सोचा ही नहीं , कभी इतने ऑप्शंस ही नहीं मिले की उनमें से कोई एक चीज को चूस करू ..... "

फिर वो नेहांथ को मनाते हुए प्यार से उसके गाल खींच कर बोली , " पर अब आप आ गए हो ना मेरी लाइफ में , तो आप अपनी पसंद को मेरी पसंद बना लेना..... "
इस पर नेहांथ मुस्कुरा दिया ।

फिर नेहांथ ने खुशी के लिए कुछ कपड़े और ज्वेलरी सेट खरीदे , और

उन्हें पैक कर अपने साथ ले लिया ।

वो दोनों वापस घर आने के लिए कार में बैठे और निकल गए घर की ओर
।

खुशी नेहांथ से , " नेहांथ ! हम दोनों अपने बारे में , मेरे पापा और बुआ
को कब बता रहे हैं...... "

" अरे हां तुम्हारी फैमिली को भी तो बताना है...... टेंशन मत लो शादी से
पहले ही बता देंगे.... " वो मजाक करते हुए बोला ।

तो खुशी चिढ़कर बोली , " नेहांथ......!! "

तभी नेहांथ ने कार रोकी और कार से बाहर जाते हुए खुशी से कहा , " मैं
अभी आता हूं तुम यही रहना , बाहर मत जाना.... "

तो खुशी ने हां में सर हिला ।

दिया थोड़ी देर बाद नेहांथ वापस कार में आया और खुशी की तरफ एक
महकता हुआ गुलदस्ता बढ़ाते हुए बोला , " मेरी खूबसूरत सी खुशी के
लिए खूबसूरत से , महकता हुए गुलाब के फूल.... "

ये देख खुशी चेहरे पर डेढ़ मीटर लंबी स्माइल आ गई और वो उन्हें
निहारने लगी ।

" कैसे हैं....??? " नेहांथ ने पूछा ।

" बहुत अच्छे है......."

तभी उसे उन लाल गुलाबो मे एक फूल अलग दिखा , उसने उसे ध्यान से
देखा तो पता चला वो वही फूल था जो उसके सपनों मे आया करता था ।

" नेहांथ ! देखो ये वाला फूल , ये वही है जो मेरे सपनों में आता है. ...! "

खुशी की बात सुन नेहांथ ने भी उसे देखा ।

" अरे हां ये फूल तो अलग है , 1 मिनट.... " कहते हुए नेहांथ ने कार रोक
दी , और उस फूल की फोटो लेने लगा ।

" ये क्या कर रहे हैं आप. ...? " खुशी ने पूछा ।

" पता लगाना पड़ेगा ना कि आखिर ये फूल आया कहां से.....! " कहते हुए
नेहांथ में उसकी फोटो किसी को सेंड कर दी , " मेरा एक फ्रेंड है वो पता
लगा लेगा कि ये फूल कहां खिलता है , उसे ही सेंड की है मैंने फोटो.....! "
नेहांथ ने आगे कहा और एक बार फिर कार स्टार्ट कर दी ।

थोड़ी देर बाद वो दोनों स्वीटी के घर के सामने रुके , खुशी कार से उतर गई और नेहांथ उसके पीछे-पीछे शॉपिंग बैग्स लिए घर के अंदर आया । उन्हें देखकर स्वीटी ने कहा , " आ गए दोनों शॉपिंग करके...... "

" जी.....! " खुशी ने कहा , और स्वीटी के बगल में सोफे पर जाकर बैठ गई ।

नेहांथ ने भी सारे बैग्स टेबल पर रखे , और थका हुआ था सोफे पर बैठ गय ।

नेहांथ को थका देकर स्वीटी मजाक करते हुए बोली , " लगता है अपना होने वाला बीवी का शॉपिंग बैग उठा उठा कर थक गया नेहांथ.....! "

इस पर नेहांथ बोला , "अरे कहां क्वीनी मेरी होने वाली बीवी थोड़ी अलग है , बाकी लोगों की बीवी इतनी शॉपिंग करती है कि बेचारे हस्बैंड की जेब खाली हो जाती है और ये मेरी वाली , इसके लिए मुझे खुद ही शॉपिंग करनी पड़ी , एक साड़ी भी इसने अपने लिए select नही की , सारी शॉपिंग मैंने हीं कि है...... "

ये सुन स्वीटी हंसने लगी और खुशी मासूमियत से बोली, " हां तो मैने शर्ट तो खरीदी न आपके लिए. ... ! "

इस पर नेहांथ खुशी की तरफ इशारा करते हुए स्वीटी से बोला , " देखो....! "

उसके बाद उन सभी ने थोड़ी देर बैठ कर बातें की , फिर नेहांथ उठते हुए बोला , " तो आप दोनों टाइम से तैयार हो जाना , मैं ड्राइवर को कार लेकर भेज दूंगा , मैं चलता हूं अब , आज रात की पार्टी के लिए बहुत सारी तैयारियां करनी है , मेहुल अभी घर पे सब कुछ अकेले ही संभाल रहा होगा.....! "

ये बोल वो बाहर आ गया , खुशी भी बाहर तक उसे छोड़ने आई ।

" आज रात की पार्टी में , मै announcement कर दूंगा कि , कुछ ही दिनों में मेरी शादी तुम से होने वाली है , तो अच्छे से तैयार होना ..... आज सारी लाईमलाईट तुम पर ही होगी ..... "

इस पर खुशी उसे प्यार से देखते हुए बोली , " इतनी सारी खुशियां एक

साथ मत दीजिए , डर लग रहा है कहीं कुछ गलत ना हो जाए..... "
खुशी की बात सुन नेहांथ ने उसका चेहरा अपनी दोनों हथेलियों में भर लिया और बोला , " खुशी ! सब ठीक ही होगा , अब तुम्हारी लाइफ में सिर्फ खुशियां ही आने वाली है , बिल्कुल तुम्हारे नाम की तरह , अब प्लीज़ एक प्यारी सी स्माइल कर दो..... " नेहांथ के कहने पर खुशी मुस्कुरा दी और वो वहां से कार लेकर चला गया ।

****

शाम के 5:00 बजे.......
खुशी अपने कमरे में तैयार हो रही थी , ब्लैक कलर की साड़ी , जिस की बॉर्डर पर छोटे-छोटे ब्लैक कलर की मूर्तियों से डिजाइन बनी हुई थी , खुले बाल जिन्हें उसने हल्का सा कर्ल कर लिया था , माथे पर छोटी सी एक काली बिंदी , आंखों में काजल और हाथों में चूड़ियां ।
खुशी बहुत खूबसूरत लग रही थी , उसने वही रखे नेहांथ के दिए फूलों को उठाया और उनसे पूछने लगी , " तो बताइए नेहांथ जी के महकते गुलाबों..... में कैसी लग रही हूं...?? "
ये कहकर वो खुद पर ही हंस दी ।

तभी उसने देखा आज आसमान में काले बादल कुछ ज्यादा ही है , और साथ ही हॉल से टीवी में चल रही न्यूज़ की भी आवाज उसने सुनी , जिसमें एंकर कह रहा था , " आज हो सकती है बहुत ही जोरदार बारिश.... सूत्रों से पता चला है कि आज की बारिश में रोड ब्लॉक होने की भी संभावना है..... तो हो सके , तो अपने घरों में ही रहे....."
ये सुन वो खिड़की की तरफ जाने लगी और उन फूलों को वहीं बैठ कर रख दिया , पर तभी उसमें से एक कार्ड निकलकर बाहर गिर गया , खुशी चलते चलते रुक गई और उस कार्ड को उठाकर पढ़ने लगी , उसे लगा था कि वो नेहांथ ने उसके लिए रखा होगा , लेकिन जब उसने उस पर लिखे शब्दों को पढ़ा तो उसकी मुस्कान डर में बदलती चली गई , उस पर लिखा था , " क्या नेहांथ को भी अपने पापा और श्वेता की जैसी हालत

में देखना चाहती हो , अगर नेहांथ की जान बचानी है तो नीचे लेकर फोन नंबर पर कॉल करो.......! "

खुशी ने डर के कारण वो कार्ड दूर फेंक दिया और बेड पर बैठ कर अपने आप को समझाने लगी , " नहीं.... ऐ..... ऐसा नहीं हो सकता..... जरूर किसी ने ये भद्दा मजाक किया है , हां... मजाक ही है , क....... कोई भला नेहांथ को क्यों माना चाहेगा..... ये ....ये मजाक ही है. ....! "

थोड़ी देर वो यही सब सोचती रही , पर इंसान तो इंसान है वो कभी भी अपने आपको कुछ बुरा सोचने से रोक पाया है , तो खुशी कैसे ना सोचती ।
" और अगर उसमें लिखी बातें मजाक नहीं हुई तो , मैं नेहांथ की जान से कोई समझौता नहीं कर सकती......."
वो बोलती हुई उठी और उस कार्ड को ले आई , फिर डरते हुए उसने उस में लिखे नंबर पर कॉल कर दिया , वो ऊपर से नीचे तक बुरी तरह से कांप रही थी ।
थोड़ी ही देर में दूसरी तरफ से किसी ने कॉल पिक की और हंसते हुए बोला , " तो तुमने कॉल कर ही दिया मुझे.... "
" आप.... आप कौन हैं...?? नेहांथ और मुझे कैसे जानते हैं..... और ये कार्ड... " खुशी रुआसी होकर बोली ।
" जानना चाहती हो कि मैं कौन हूं , तुम्हें कैसे जानता हूं , और अगर तुम नेहांथ को बचाना चाहती हो , तो अभी इसी नंबर पर मैं तुम्हें एक लोकेशन सेंड कर रहा हूं बिना कोई चलाकी किए सीधे यहां आ जाना , वरना तुम अंदाजा लगा सकती हो कि क्या होगा......."
सामने से उस आदमी ने कहा और कॉल कट कर दिया ।

उसकी कही बातें सुन खुशी बहुत डर गई थी , उसने फिर से उसे कॉल करने की कोशिश की पर अब वो फोन स्विच ऑफ हो चुका था ।
खुशी ने बहुत सोचा कि वो जाए या ना जाए , हां वहां जाना बेवकूफी होती , पर किसी अपने की जान अगर खतरे में हो तो क्या गलत , और क्या

सही कुछ समझ नहीं आता , और यहां तो उस इंसान की जान जोखिम में थी जिसे खुशी बेइंतहा मोहब्बत करती है ।

उसने फैसला कर लिया की वो वहां जाएगी , वो अपना पर्स और फोन लेकर रूम से बाहर निकली और बाहर जाने लगी , तभी स्वीटी ने उसे रोकते हुए पूछा , " खुशी कहां जा रहा है तुम..... अभी थोड़ी देर में नेहांथ का भेजा Driver आता ही होगा....! "

" स्वीटी आप उनके साथ चले जाना , मुझे अभी एक बहुत जरूरी काम है , उसे करके मैं सीधे पार्टी में ही मिलती हूं....! " खुशी ने कहा ।

" पर आज की पार्टी से ज्यादा क्या जरूरी है तुम्हारे लिए.... " स्वीटी ने पूछा ।

" है कुछ...... " खुशी ने अपनी पलके झुकाए कहा , फिर स्वीटी से बोली , " आप चले जाना और नेहांथ से कहना कि मैं थोड़ी देर में आ जाऊंगी , ओके , बाय.... "

कहकर वो चली गई ।

और इधर स्वीटी बोलती रह गई , " अरे.... खुशी बताओ तो सही कहा जा रहा है.....! "

8

नेहांथ का घर......

नेहांथ दरवाजे की तरफ देख कर स्वीटी से , " क्वीनी , कहां गई है खुशी , कब आएगी...! "

वहां उन्हीं के साथ मेहुल भी खड़ा था , वो भी बोला , " हां कब आएगी भाभी , बताओ ना , क्वीनी ...! "

स्वीटी उन दोनों को देखकर , " अरे मेरे को क्या पता , उसने मुझे जितना बताया मैंने वही तुम दोनों को बता दिया , मुझे क्या पता वो कहां गया है ...! "

नेहांथ परेशान होकर , " कब आएगी खुशी.... "

" लो , आ गया तुम्हारा खुशी...! " स्वीटी दरवाजे की तरफ इशारा करके बोली ।

नेहांथ ने भी उस ओर देखा , खुशी वहां खड़ी थी......

उसे देखकर नेहांथ बहुत खुश हो गया और उसकी तरफ जा ही रहा था कि , खुशी ने एक गन अपने हाथ में लिए उसे अपने सिर से लगा लिया ।

ये देख वहां खड़े सभी लोग डर से चिल्लाने लगे , नेहांथ भी घबरा गया और उसे डांटते हुए बोला , " खुशी ! कैसा मजाक है ये , नीचे करो उसे.... "

पर खुशी ने ना में सर हिला दिया और उसकी आंखें रो पड़ी ।

साथ ही बाहर जोरदार बारिश भी शुरू हो ने लगी ।

खुशी कुछ समय पहले का flashback याद करने लगी , जब वो घर से निकली थी और उस कॉल वाले आदमी से मिलने गई थी ।

****

खुशी जब उस लोकेशन पर पहुंची तो देखा वो जगह बिल्कुल सुनसान थी , और अब अंधेरा भी हो चुका था , उसके वहां पहुंचते ही उसी आदमी ने फिर से उसे कॉल किया , " लगता है बहुत ज्यादा प्यार करती हो अपने नेहांथ से..... "

तो खुशी बोली , " आप प्लीज बताएं कि आप कहां हैं....! "

" तुम्हारे सामने जो बिल्डिंग है उसके 2nd फ्लोर पर आ जाओ.... " कह कर उसने फिर खुद ही फोन काट दिया , और उसे स्विच ऑफ कर दिया |

खुशी बहुत घबराई हुई थी ठिठकते कदमों से वो building में चली गई , वो बिल्डिंग पूरी तरह से खाली थी और वहां लाइट भी बहुत धीमी जल रही थी , सामने ही सीढ़ियां थी , खुशी उन पर चढ़ने लगी , जब फर्स्ट फ्लोर पर पहुंची तो सामने घुप अंधेरा था , उसने अपना फोन निकाला और उसके फ्लैशलाइट चालू कर ली , तभी उसकी नजर स्क्रीन की ऊपर की तरफ गई , वहां नेटवर्क बिल्कुल भी नहीं था , अब उसे लगने लगा कि उसने यहां आ कर गलती कर दी है , वो पीछे मुड़ी और नीचे जाने के लिए जैसे कदम बढ़ाया , ऊपर से आवाज आई , " वापस जाने का कोई मतलब नहीं है , नीचे का दरवाजा बंद है , इसलिए चुप चाप ऊपर आ जाओ , इसमें ही तुम्हारी भलाई है और साथ ही तुम्हारे नेहांथ की भी. ..... "

अब खुशी के पास और कोई रास्ता नहीं था , अपनी तेज धड़कनों के साथ वो आगे बढ़ गई |

ढेर सारी सीढ़ियां चढ़ने के बाद वो 2nd फ्लोर पर पहुंच गई , फिर सामने के दरवाजे को खोलते हुए अंदर गई तो देखा , धीमी पीली रोशनी में एक आदमी कुर्सी पर उसकी तरफ पीठ किए बैठा है , खुशी ने घबराते हुए कहा , " आप कौन है..? "

ये सुनते ही उस आदमी के चेहरे पर एक रहस्यमई मुस्कान आ गई ,

और वो पीछे मुड़ गया ।

"त्चु..... त्चु.... त्चु.... ये कमबख्त प्यार...... क्या-क्या करवाता है ना..... खुशी अब तुम खुद को ही देख लो...... ऐसे रात में इतनी सुनसान जगह पर अकेली आ गई , बिना ये सोचे कि इसका अंजाम क्या होगा. .... "

" आप पहले ये बताइए कि आप कौन हैं. ...? और आपको मेरे परिवार , मेरी फ्रेंड और नेहांथ के बारे में कैसे पता , और आप नेहांथ को क्यों मारना चाहते हैं.......?? " खुशी ने कहा ।

" बताता हूं , बताता हूं , पहले आराम से उस कुर्सी पर बैठ जाओ , फिर मैं तुम्हें एक लड़की की कहानी सुनाता हूं , जिसका इस दुनिया में जन्म लेना किसी अभिशाप से कम नहीं था ....."

ये कहते हुए उस आदमी के चेहरे पर गुस्सा आ गया , खुशी जल्दी से उस कुर्सी पर बैठ गई , फिर वो आदमी उठा और टहलते हुए कहने लगा ।

" 7 अगस्त 1999..... ये तारीख मुझे अच्छे से याद है , उस रात बहुत तेज बारिश हो रही थी , लगभग सारे रास्ते बंद हो चुके थे , रात के 9:00 बजे , एक आदमी अपने साथ एक प्रेग्नेंट औरत को लेकर सिटी हॉस्पिटल में आया , उस हॉस्पिटल में डॉक्टर अमित मिश्रा , जो कि बहुत ही अच्छे और ईमानदार डॉक्टर थे , वो उस प्रेग्नेंट औरत की डिलीवरी करने के लिए अपने कुछ असिस्टेंट डॉक्टर और नर्स के साथ ऑपरेशन थिएटर में गए , कुछ घंटे बाद ही अंदर से एक बच्चे की रोने की आवाज आई , डॉक्टर उस बच्ची को लेकर बाहर आए और जो आदमी और औरत के साथ आया था उस बच्ची को उसके हाथ में सौंप दिया , और सर झुकाए खड़े हो गए , तभी वहां उसी आदमी के और साथी आ गए , सभी बच्ची को देखकर बहुत खुश थे , तभी एक आदमी ने उस डॉक्टर से पूछा , डॉक्टर साहब नमिता भाभी कैसी है ...? वो ठीक है ना....? ये सुनते ही वहां सन्नाटा छा गया , और वो डॉक्टर सर झुका कर अपने हाथ जोड़े माफी मांगते हुए बोला , " मुझे माफ कर दीजिए मेरी एक छोटी सी गलती की वजह से पेशेंट की जान चली गई , ये सुनते ही उस आदमी के साथ आए सभी लोग गुस्से में आ गए , और उस डॉक्टर को पीटने लगे , वहां के

स्टाफ ने उस दिन तो उस डॉक्टर को बचा लिया , पर उसके बाद हुई बदनामी से नहीं बचा पाए , डॉक्टर अमित मिश्रा... इस नाम से अब पूरा शहर नफरत करने लगा , उनका और उनके परिवार का जीना मुश्किल कर दिया लोगों ने , फिर एक दिन उस डॉक्टर को उस छोटी सी गलती के बिनाह पर फांसी के फंदे से लटका दिया गया , उस डॉक्टर के परिवार में अब सिर्फ तीन लोग बचे थे , उसकी पत्नी , 2 साल बेटी और एक बेटा ..... "

ये सब कहते हुए उस आदमी की आंखें गुस्से से लाल हो चुकी थी , तभी उसने गुस्से में वही रखी एक चेयर को लात मार दी , जो लुढकती हुई खुशी के पैरों के पास आकर रुकी , डर के कारण खुशी के मुंह से चीख निकल गई ।

इस पर वो आदमी अजीब सी स्माइल करके बोला , " अरे इतने से मे डर गई , अभी कहानी आधी भी नहीं हुई है , क्लाइमेक्स अभी बाकी है.... "

फिर उसने आगे बताना शुरू किया , " डॉक्टर अमित के मर जाने के बाद भी लोगों को शांति नहीं मिली , लोगों ने उसके परिवार को पाई-पाई का मोहताज बना दिया , पैसे तो वैसे ही खत्म हो चुके थे उनके परिवार के पास , और जब उनकी पत्नी जॉब करने गई तो सब ने उसे काम पर रखने से मना कर दिया , वह अपनी छोटी सी बच्ची को लेकर दिनभर घूमती , पर कोई उस पर दया नहीं करता , इन्हीं सब से परेशान होकर एक दिन उसने , पहले अपनी बच्ची को जहर खिलाया , और फिर खुद भी खा कर मर गई.....! "

ये बोलकर वो चुप हो गया ।

खुशी रो रही थी , तभी उस आदमी ने वही रखी अपनी चेयर खींचकर खुशी के सामने की और उस पर बैठकर खुशी से दांत पीसते हुए बोला , " अब कौन बचा , उनके परिवार में , कौन बचा..... "

पर खुशी इतना डर गई थी कि उसके मुंह से शब्द ही नहीं निकले ।

ये देखकर वो आदमी गुस्से में चिल्लाया , " बोलो.... "

खुशी ने डर के कारण हकलाते हुए जवाब दिया , " ब.....बेटा..... डॉक्टर

का बेटा......"

" गुड गर्ल.... पता है वो कौन है. .?? " उस आदमी ने कहा ।
तो खुशी ने ना में सर हिला दिया , " वो मैं हूं. ... यानी प्रियांश मिश्रा.....
डॉ अमित मिश्रा का बेटा...... "
कहकर वो उठ गया और खुशी की तरफ पीठ करके खड़ा हो गया , फिर
अपनी पैंट की जेब में हाथ डालकर बोला , " और जिस बच्ची की वजह
से ये सब हुआ , पता है वो कौन है....? "
फिर खुशी की तरफ मुड़ कर उसे घूरते हुए , " वो....तुम हो.... "
ये सुनकर जैसे खुशी सुन ही पड़ गई , प्रियांश ने अब अपनी चेयर पीछे
खींची फिर उस पर बैठकर पागलों की तरह हंसते हुए बोला , " हाहा....
चौक गई , पता था मुझे..... वैसे असली सीन तो अब
स्टार्ट होता है , मेरी मां और बहन के मर जाने के बाद मैंने , तुम्हें ढूंढा
और तुमसे तुम्हारी हर वो चीज छिनता गया जिससे तुम बहुत प्यार
करती थी , याद है जब तुम्हे , जब तुम 3 साल की थी , तुम्हारे घर एक
गाय पाला करते थे तुम्हारे पापा , जो तुम्हें बहुत पसंद थी , उसे भी मैंने
ही मारा था..... फिर उसके बाद जब तुम 11 साल की थी , तब तुम्हें पास
के एक जंगल से खरगोश मिला था , याद है...?? अरे याद तो होगा.... तुम
उस छोटे से खरगोश के साथ खूब खेलती थी..... पर एक दिन वो तुम्हें
तुम्हारे घर के पीछे मरा मिला था , याद है....? और फिर मैंने पॉइंट किया
तुम्हारे पापा को.... तुम्हें क्या लगता है तुम्हारे पापा शरीर की कमजोरी
की वजह से पैरालाइज हुए हैं..... हाहा.... नहीं उनकी ये हालत मैंने की है
, अब तुम सोच रही होगी कैसे..... , तुम्हारे पापा को चाय पीने का बहुत
शौक था , और वो हर शाम मेरे ठेले की चाय पीने आते थे , और मैं उनकी
चाय में थोड़ा-थोड़ा करके जहर मिलाता गया , और फिर तो तुम जानती
हो....."
ये सुन खुशी अपने आप को रोक नहीं पाई और गुस्से से बोली , " क्या
मिल गया आपको ये सब करके , आपके Papa वापस आ गए , आपकी
बहन वापस आ गई , या आपकी मां..... आखिर क्या मिला आपको....??
"

" सुकून..... " प्रियांश ने कहा ।

" और इतना ही नहीं खुशी..... अभी श्वेता बची थी तो मैंने उसे भी ट्रक से उड़ा दिया , फिर तुम्हें वहां रोता देखकर मेरे दिल को जो ठंडक मिली.... हहह.... मैं बता नहीं सकता मुझे कितना अच्छा लग रहा था..... मेरा मन तो कर रहा था कि मैं बारिश में किसी मोर की तरह नाचने लगुं और एक बात , तुम्हारी बुआ बिल्कुल सही कहती है , तुम्हारे जैसी खराब किस्मत किसी की नहीं है , तुम ने अपने साथ साथ अपने आसपास के सभी लोगों की जान खतरे में कर रखी है , और नेहांथ की भी , अब मेरा अगला टारगेट वही है...! "

ये सुन खुशी हाथ जोड़े अपने घुटनों के बल नीचे जमीन पर बैठ गई और उससे गिड़गिड़ाते हुए बोली , " नहीं.... प्लीज..... ऐसा मत कीजिए..... मैं मानती हूं..... आपके और आपके परिवार के साथ बहुत गलत हुआ..... लेकिन आपने भी तो गलत किया ना..... Papa , श्वेता..... इनको अपने कितनी चोट पहुंचाई...... अब प्लीज ये सब यहीं खत्म कर दीजिए. ... प्लीज.... "

प्रियांश लापरवाही से , " म्च. ... नहीं ना खुशी...... मैं तुम्हारे प्यार को नहीं मारूंगा तो मेरे दिल को पुरी तरह से शांति नहीं मिलेगी ....! नेहांथ को तो मरना ही होगा....... तो चलो तुम जाओ पार्टी में वरना तुम अपने नेहांथ का आखरी बार चेहरा भी नहीं देख पाओगी....... "

इस पर खुशी उसके पैरों पर पड़ गई और रोते हुए बोली , " नहीं.... प्लीज उन्हें कुछ मत कीजिए.... आपकी दुश्मनी मुझसे है ना.... आप मुझे मार दीजिए.... पर.... पर प्लीज नेहाथ को छोड़ दीजिए , प्लीज.... "

प्रियांश एक लंबी सांस लेकर , " हह.... ठीक है..... छोड़ देता हूं मैं नेहांथ को... उसे कुछ नहीं करता... आज इस स्टोरी यही एड कर देते हैं..... ठीक है...! "

" हां..." खुशी अपने आंसू पूछते हुए बोली ।

" हां.... तो... इस स्टोरी को एंड करने के लिए तुम्हें अपनी जान देनी होगी

, वो भी नेहांथ के सामने...." प्रियांश ने कहा ।

ये सुन खुशी चौंक गई और उसे हैरानी से देखने लगी , तो प्रियांश बोला , " अरे ! अभी तो तुम कह रही थी ना..... कि नेहांथ को छोड़ दो.... मुझे मार दो.... और जब मैं बोल रहा हूं कि ठीक है... छोड़ देता हूं उसे.... तुम अपनी जान दे दो..... तो डर लग रहा है....?? "

" ठीक है.....! " खुशी ने अपना सर नीचे किए कहा , फिर प्रियांश की तरफ देखते हुए बोली , " मैं मरने के लिए तैयार हूं ..! "

प्रियांश ताली बजाते हुए , " वाह....! मैंने सुना था कि लोग प्यार में अपनी जान देते हैं.... पर आज देख भी लिया.....! "

फिर एक गन उसकी तरफ फेंक कर , " ये लो इसे लेकर नेहांथ के घर जाना , और जहां पार्टी चल रही होगी......"

प्रियांश का ध्यान इस वक्त खुशी पर नहीं था , ये देखकर खुशी ने प्रियांश की ही दी हुई गन उठा ली....

और प्रियांश बोले जा रहा था , " और वहां सब के सामने जाकर तुम्हें अपने आप को गोली मार देनी है...."

ये बोलकर वो खुशी की तरफ मुड़ा और खुशी ने उस पर गोली चला दी..... पर उसमें से आवाज के सिवाय और कुछ नहीं निकला , ये देख प्रियांश हंसते हुए बोला , " वेल डन...... जानता था मैं.... इतना दिमाग तुम्हारा तो चलेगा ही..... गोली अभी डाली नहीं है उसमें..... "

ये सुन खुशी निराश हो गई , अब खुद को मारने के अलावा और कोई चारा नहीं था उसके पास...

तभी प्रियांश रस्सी ले आया और खुशी से बोला , " हाथ दो अपने...... "

खुशी ने अपने दोनों हाथ आगे कर दिए ,प्रियांश ने उसके हाथों को उसकी पीठ से लगाकर कसकर बांध दिया , और बोला , " तो चले..?? "

वो दोनों नीचे आए , प्रियांश ने अपनी गाड़ी का दरवाजा खोला और खुशी का हाथ पकड़ उसे सामने की सीट पर बैठा दिया , और खुद भी बैठकर कार स्टार्ट कर दी ।

खुशी अब मरने वाली है ये सोच कर उसकी आंखों से आंसू रुकने का नाम नहीं ले रहे थे , उसने अपना सिर पीछे टिकाया और आंखें बंद किए , अपने और नेहांथ के साथ बिताए पल याद करने लगी ।

9

खुशी flashback से present मे आई.....

अब वो नेहांथ के सामने थी , और उसके लिए अपनी जान देने को तैयार थी , एक पल को उसके मन में आया कि वो उस गन को वही फेंके और नेहांथ को जाकर सब कुछ बता दे......

पर सीढ़ियों से पर खड़े प्रयांश को देखकर ये ख्याल उसने अपने दिमाग से निकाल दिया , क्योंकि वो नेहांथ के ऊपर गन ताने खड़ा था , उसने साफ-साफ खुशी से ये पहले ही कह दिया था कि अगर , उसने एक छोटी सी भी गलती की तो , वो नेहांथ को वही मार देगा ।

वो नम आंखों से नेहांथ को देखते हुए बोली , " मुझे माफ कर दो नेहांथ.... हमारा साथ यही तक था.... सॉरी...... !"

मेहुल आगे बढ़ते हुए , " भाभी क्या कर रहे हो आप ये..... गन नीचे करो.... ऐसे थोड़े ना आप हमें छोड़ कर जा सकते हो....."

कहते हुए मेहुल ने नेहांथ को खुशी के नीचे बिछे कारपेट की तरफ इशारा किया , नेहांथ भी उसका इशारा समझ गया , और खुशी का ध्यान भटकाते हुए बोला , " खुशी मेरी बात सुनो.... उसे फेंक दो....! "

पर खुशी ना मे सिर हिलाते हुए पीछे हटने लगी , तभी मेहुल ने उसके नीचे का कारपेट खिंच दिया ।

जिस वजह से वो एक चीख के साथ नीचे गिर गई , और उसके हाथ में पकड़ी बंदूक दूर उछल गई ।

फिर नेहांथ ने झट से खुशी को उठाया और उसे अपने गले से लगा लिया

, खुशी भी सब कुछ भूल कर उसकी बाहों में सिमट कर रोने लगी....

" धोखा..... बहुत भारी पड़ेगा तुम्हें खुशी. ...! " प्रियांश ने गुस्से में कहा और नेहांथ पर गोली चला दी ।

ये देख खुशी झट से घूम गई और नेहांथ को दूर धकेल दिया , इससे पहले नेहांथ कुछ समझ पाता गोली खुशी की पीठ पर लग गई , और वो निढाल पहले , घुटनों पर बैठी , फिर फर्श पर बेहोश हो गई ।

नेहांथ भागकर उसके पास गया और उससे बोला , " खुशी.....खुशी..... "

इतने में स्वीटी और मेहुल भी उसके पास आ गए , अंदर सभी रो रहे थे और बाहर बादल अपने आंसुओं को बूंदों के रूप में बरसा रहे थे......

तभी प्रियांश पागलों की तरह हंसते हुए चिल्लाने लगा ।

" हाहा... मार दिया मैंने खुशी को..... मार दिया...... मेरा बदला पूरा हो गया....." प्रियांश की बातें सुनकर सब समझ गए थे कि खुशी पर गोली उसने ही चलाई है ।

ये देख गार्ड ने उसे पकड़ लिया , पर वो अभी भी वैसे ही हंसे जा रहा था ।

उसे ऐसा देखकर साफ हो गया था कि वो मेंटल पेशेंट है ।

नेहांथ मेहुल से , " मेहुल कार निकाल , खुशी को हॉस्पिटल ले चलते हैं.... जल्दी कर...! "

" हां.. भाई..." कहकर मेहुल कार लेने चला गया ।

थोड़ी ही देर में वो कार भी ले आया , नेहांथ ने खुशी को अपनी बाहों में उठाया , और उसे लेकर कार की पिछली सीट पर बैठ गया ।

और मेहुल ने कार स्टार्ट कर ली , फिर तेजी से हॉस्पिटल की तरफ निकल गया ।

बाहर बारिश बहुत तेज थी , और ऐसी बारिश में कार चलाना बहुत मुश्किल हो रहा था , अभी वो थोड़े आगे गए ही थे , कि कार बंद हो गई ।

क्योंकि पूरी रोड पानी से भर चुकी थी ।

" मेहुल क्या हुआ... रुक क्यों गया...." नेहांथ ने तेज आवाज में पूछा ।

" भाई.... कार बंद हो गई है..... बारिश बहुत तेज है और ऐसी ही आती रही

तो हम कार से बाहर भी नही निकल पाएंगे...... " मेहुल परेशान होकर बोला ।

नेहांथ ने भी विंडो खोलकर देखा , बारिश बहुत तेज थी , अब उसे समझ नहीं आ रहा था कि वो क्या करें , तभी खुशी का हाथ खिड़की से बाहर चला गया. ...

बारिश में उसका हाथ गिला जाने के डर से , नेहांथ उसे अंदर कर ही रहा था , कि उसने देखा बारिश अब बंद हो चुकी थी

" मेहुल बारिश बंद हो गई.... हम पैदल ही खुशी को ले चलते हैं..... कार आगे नहीं चल पाएगी....! " नेहांथ ने कहा ।

" हां भाई...! " मेहुल ने कहा और कार से बाहर निकल गया ।

घुटनों से ऊपर पानी आ चुका था , वो बड़ी मुश्किल से चलता हुआ , दूसरी तरफ आया और पीछे का गेट खोल दिया , नेहांथ भी खुशी को उठाए बाहर निकला ।

वहां एक इंसान को चलना मुश्किल था , और नेहांथ खुशी को उठाए जितना जल्दी हो सके उतनी जल्दी चलने की कोशिश कर रहा था , तभी मेहुल बोला , " भाई हम अगर फुटपाथ पर से जाए तो शायद चलने में आसानी होगी...! "

ये सुन नेहांथ ने हां में सर हिला दिया और दोनों स्ट्रगल करते हुए फुटपाथ तक पहुंच गए ।

फुटपाथ के थोड़े ऊंचे होने के कारण वहां पानी थोड़ा कम था ।

****

लगभग 2 घंटे बाद नेहांथ खुशी को लेकर हॉस्पिटल पहुंचा , और उसे वहां एडमिट कर दिया , खुशी आईसीयू में थी और नेहांथ और मेहुल परेशान से बाहर बैठे थे ।

तभी मेहुल नेहांथ से बोला , " भाई...... भाभी ठीक तो हो जाएगी ना.....! "

" हां...... उसे ठीक होना ही होगा... और वो ठीक हो जाएगी..... मुझे पता

है......" नेहांथ में कहा ।

10

लगभग 2 घंटे बाद नेहांथ खुशी को लेकर हॉस्पिटल पहुंचा , और उसे वहां एडमिट कर दिया , खुशी आईसीयू में थी और नेहांथ और मेहुल परेशान से बाहर बैठे थे ।

तभी मेहुल नेहांथ से बोला , " भाई....... भाभी ठीक तो हो जाएगी ना.....! "

" हां....... उसे ठीक होना ही होगा... और वो ठीक हो जाएगी..... मुझे पता है......." नेहांथ में कहा ।

****

और ऐसा हुआ भी , खुशी थोड़े ही दिनों में बिल्कुल ठीक हो गई ।
और प्रयांश को मेंटल हॉस्पिटल भेज दिया गया , फिर ठीक हो जाने के बाद उसे उम्र कैद की सजा भी सुना दी गई ।

****

नेहांथ का घर.......

खुशी गेस्ट रूम में खड़ी बाहर हो रही बारिश को देख रही थी , पर आज भी उसे , उस में भीगने से डर लग रहा था ।
तभी नेहांथ अपना हाथ खुशी की तरफ बढ़ाकर बोला , " चलो....! "
" कहां....?? " खुशी ने पूछा ।

नेहांथ उसके करीब आकर , " तुम्हारे सपने को सच करने...."

उसने कहा और उसका हाथ पकड़ नीचे ले गया और बाहर ले जाने लगा ,
पर खुशी डर कर ना में सिर हिलाने लगी ।
" मुझ पर भरोसा है ना....! " नेहांथ ने प्यार से पूछा ।
" हां...! " खुशी ने कहा ।
" तो चलो...! " कह कर नेहांथ उसे बाहर खींचने लगा ।
खुशी ने भी अपनी आंखें बंद कर ली और चली गई बारिश में ।

और आज उसका सपना सच हो गया , वो आज बारिश की बूंदों की छुअन
को महसूस कर पा रही थी. ....
और उसके साथ उसके सपनों का राजकुमार भी था.....
खुशी आज बहुत खुश थी और तभी मेहुल ने सॉन्ग प्ले कर दिया.....
और खुशी नाचने लगी....

.

छम छम छम छम छम छम

जुल्फों से बाँध लिया दिल, सीने पे से उड़ने लगा आँचल

मुझसे नैना मिला के मौसम होने लगे पागल

सबसे होके बेफिकर नाचू मैं आज

छम छम छम है, छम छम छम है, छम छम छम

मैं नाचू आज

छम छम छम है, छम छम छम है, छम छम छम

पहले तो नेहांथ उसे देखता रहा फिर वो भी उसी के साथ dance करने
आ गया

रेन ड्रॉप बाउंसिंग, माय हार्ट इज़ अन्नाउन्सिंग

यू गोट टू टेक मी अवे

लेट्स स्टार्ट जम्पिंग, माय हार्ट गोज पम्पिंग

आय लव यू इन एवेरी वे

धड़कनों पे बुँदे जो गिरी तो नाचू आज
छम छम छम हे, छम छम छम हे, छम छम छम
मैं नाचू आज
छम छम छम हे, छम छम छम हे, छम छम छम
मैं नाचू आज हे हे हे

गीली हवाए झूमती हैं, तन को मेरे चूमती हैं
छोड़ के ये शरम वरम झूमे ये जिया
कोई भी कहे कुछ भी यहाँ, मैंने तो कभी सुना कहा
दिल ने मेरे जो भी कहा, मैंने वो किया
हाँ इस पल को मैं आज जी लूं, जो भी होगा देखा जायेगा कल
मुझसे नैना मिला के मौसम होने लगे पागल हाय
सबसे होके बेफिकर नाचू मैं आज
छम छम छम हे, छम छम छम हे, छम छम छम
मैं नाचू आज
छम छम छम हे, छम छम छम हे, छम छम छम

तभी खुशी हमारी कलम में आ गई और आप से बोली , " अरे समझ नहीं आया क्या...?? मैं हूं खुशी...... आप सब से बात कर रही हूं.....तो बताईये आपको मेरी कहानी कैसी लगी....?

वैसे आज मै बहुत , बहुत , बहुत खुश हुं..... अरे पहली बार बारिश में भीग रही हूं , पहली बार इन बूंदों की छुअन को महसूस कर पा रही हूं , और हां ये तो पता ही नहीं चला कि मेरा बारिश की बूंदों को ना छु पाना सिर्फ कोइंसिडेंस था , या वो सच था , वैसे मुझे भी समझ नहीं आया कि वो क्या था ..... अब छोड़ो उन सब बातों को मैं तो चली मेरे नेहांथ के साथ भीगने..... आप भी जाईये , भीगिए बारिश मे , अपने लव वन्स के साथ..... या चाहे तो अकेले भी भीग सकते हो , अरे! कोई प्रॉब्लम नही है, ऐसा मौका बार-बार थोड़े ही ना मिलता है, अ.... बस इतना ही... नेहांथ मुझे बुला रहे है , मैं जाती हुं..... बाय ! "

THE END

www.ingramcontent.com/pod-product-compliance
Lightning Source LLC
Chambersburg PA
CBHW061354160726
47995CB00001B/309